REMANSO DO HORROR

L. B. CARNEIRO

Remanso do Horror

TALENTOS
DA LITERATURA
BRASILEIRA

São Paulo, 2021

Remanso do horror
Copyright © 2021 by Lenita B. Carneiro
Copyright © 2021 by Novo Século Editora Ltda.

EDITOR: Luiz Vasconcelos
ASSISTÊNCIA EDITORIAL: Tamiris Sene
PREPARAÇÃO: Daniela Georgeto
REVISÃO: Flavia Cristina Araujo
DIAGRAMAÇÃO: estúdio dS
CAPA E ILUSTRAÇÃO: Ale Santos

Texto de acordo com as normas do Novo Acordo Ortográfico da Língua Portuguesa (1990), em vigor desde 1º de janeiro de 2009.

Dados Internacionais de Catalogação na Publicação (CIP)
Angélica Ilacqua CRB-8/7057

Carneiro, Lenita B.

Remanso do Horror / Lenita B. Carneiro. – Barueri, SP : Novo Século Editora, 2021.

160 p. ; il.

ISBN 978-65-5561-188-5

1. Ficção brasileira 2. Terror - Ficção I. Título

21-1402   CDD B869.3

Índice para catálogo sistemático:
1. Ficção brasileira B869.3

ALAMEDA ARAGUAIA, 2190 – BLOCO A – 11º ANDAR – CONJUNTO 1111
CEP 06455-000 – ALPHAVILLE INDUSTRIAL, BARUERI – SP – BRASIL
TEL.: (11) 3699-7107 | E-MAIL: ATENDIMENTO@GRUPONOVOSECULO.COM.BR
WWW.GRUPONOVOSECULO.COM.BR

"Estranha é a noite em que estrelas negras sobem,
E estranhas luas o céu percorrem…"
Robert W. Chambers

PRÓLOGO

A mãe puxava a filha pelo braço. A pequena reclamava, mas ela tinha pressa, não só porque a festa da vila havia começado, mas também porque não gostava de atravessar a Fazenda Cardoso à noite. Morava há poucos meses na região, desde que o marido fora contratado pelos Mendonça, mas ouvira muitas histórias a respeito daquela terra e sua desventurada família de proprietários.

Pararam para descansar num banco de pedra, próximo ao remanso que dava nome ao distrito. Aquele lugar silencioso, envolto em eterna neblina, causava-lhe arrepios. Acusou a garotinha de andar a passos de tartaruga, o marido acabaria dançando com outra. Então piscou para a menina, que sorriu e disse que o pai estava ali, tinha vindo encontrá-las. Olhou na direção apontada e sentiu o sangue gelar. O físico grande e arqueado na margem do rio em nada se assemelhava ao do marido. A face mais parecia um borrão disforme, e do tronco vertia uma espécie de névoa escura e densa. Uma sensação de entorpecimento invadiu seu corpo, os olhos fixos na figura espectral vagarosamente subtraída pela bruma, enquanto o luar esmaecia e a escuridão estendia seu manto implacável sobre as águas serenas e sobre a floresta.

Quando enfim se virou, já não encontrou a menina. Voltou-se novamente para o estranho a tempo de vê-lo partir na direção da mata com a criança nos braços. Tentou gritar, mas a voz ficou presa na garganta. Correu, correu muito, ou pensou ter corrido, porque, como num pesadelo, suas pernas patinavam e ela não se movia. A névoa a cercou e o desespero a dominou por completo, subindo pelo peito e pelo pescoço, sufocando mais e mais. Uma poderosa força oprimiu seu coração e um odor pútrido de flores penetrou suas narinas.

Seu corpo contorcido foi encontrado pela equipe de busca na manhã seguinte, os olhos revirados parecendo ainda procurar a filha. As buscas pela criança se estenderam, em vão, por uma semana.

PRIMEIRA PARTE

ONDE PASSADO E
PRESENTE SE ALTERNAM

1

Heloísa admirou a obra da igreja, que se prolongava havia mais de cinco anos e absorvia, quase por completo, o tempo e a atenção de Eduardo. Surpreendia-se com o volume de recursos obtidos para uma construção daquele porte, em tempos de escassez financeira e espiritual. Seu bom e velho amigo sabia mesmo driblar as adversidades! Observou os andares superiores, erguidos como torres medievais contra o céu azul sem nuvens, enquanto pensava na melhor maneira de compartilhar suas apreensões.

O padre orientava os pedreiros e controlava, através de anotações na pequena agenda, o estoque do material de construção. Ao notar a chegada da amiga, interrompeu o que fazia e foi ao encontro dela. Ainda era bem jovem, pouco mais de trinta anos. O convívio com o severo padre Roberto e as senhoras da comunidade, embora não o desagradasse em absoluto, também não bastava para satisfazer seu espírito inquieto. A presença da companheira de infância, bem como a de Anderson e Felipe, ajudava a preservar o equilíbrio que sua delicada missão demandava. Nascidos e criados no distrito mais distante e frio do município, encravado na subida da serra, compartilharam as descobertas da infância e da adolescência e preservaram um vínculo inquebrantável, do tipo que ameniza os dissabores da existência.

Eduardo não saberia explicar, com segurança, em que medida as experiências de outrora o haviam influenciado na escolha do ministério, tendo em conta o ambiente secular no qual fora educado e o agnosticismo mal disfarçado de seus pais, que muito se surpreenderam com sua incomum opção de vida. Mais ainda ao vê-lo se transformar no clérigo dedicado que se consolidou muito cedo como um ícone do catolicismo na região.

Abraçou-a e beijou-a na face, como sempre fazia.

— E aí, como andam as coisas no trabalho?

— Bem, na medida do possível. Você sabe como é difícil lidar com adolescentes. O professor se equilibra numa corda bamba o tempo todo. É tenso! Após uma maratona de cinco ou seis aulas, eu me sinto como o bagaço da laranja.

Embora conhecesse as mazelas da rede pública de ensino, Eduardo achava graça na fala de Heloísa. Tinha o hábito de se queixar, mas era dedicada e dotada de uma rara sensibilidade para enxergar além da superfície de pessoas e fatos. Houve um tempo, anterior ao despertar de sua vocação, em que acreditou que o destino dos dois seria um só. Agora tinha plena consciência do vínculo fraterno que os unia.

— Você tem ido a Remanso? Como estão todos por lá?

— Bem, é sobre isso que vim falar com você.

Ao pronunciar essa frase, a moça percebeu a preocupação no rosto do amigo.

— Não posso dizer que sua visita me surpreende. A cicatriz no ombro vem latejando há dias, sinal característico de novidades antinaturais. Os jornais não cansam de divulgar a notícia, explorando todos os detalhes possíveis e imagináveis. O velho Remanso voltou a ocupar seu espaço na mídia!

— Sim, mais uma criança desaparecida, uma menina de sete anos. E a mãe morta em circunstâncias misteriosas. Você sabe o que significa...

Ele sabia, infelizmente.

O forte odor de flores que exalava da mata na subida da serra. O estranho som que emanava de suas entranhas. Um novo e apavorante despertar do antigo mal que habitava a Fazenda Cardoso.

2

Eduardo pensou na caçula dos Cardoso. Nascida em circunstâncias peculiares, mas não indignas da bizarra reputação do vilarejo, Juliana viera ao mundo quando Anderson já contava dezesseis anos. Filha tardia de um insólito casal, por força de implacáveis circunstâncias fora criada pelo irmão desde tenra idade, com o auxílio amoroso e imaturo dos amigos de infância e o apoio irrestrito da velha Dinorá.

Anderson sentira na pele, desde muito pequeno, o drama de uma família disfuncional. Seu pai, José Ronaldo, provinha de uma linhagem de antigos proprietários de terra, ignorante e bruta como bem sabia ser a elite rural do país. Cursara Agronomia na capital e viajara o mundo financiado pelo pai, razão pela qual seria razoável concluir que se lapidara, cultural e socialmente. Mas uma observação aguçada revelaria seu temperamento irascível e sua fragilidade de caráter, resultantes de uma educação regada a privilégios e preconceitos.

A etérea e bela Irene despertara em Naldo uma paixão intensa, daquelas que alimentam tanto a literatura romântica quanto as fofocas locais. A princípio resistente a tamanho entusiasmo, a jovem se deixara levar pelo anseio do impulsivo Romeu, pela vaidade social e pelo fardo de uma gravidez precoce, contraindo um matrimônio que alteraria para sempre os rumos de sua prosaica juventude.

Anderson nutria adoração pela mãe, com quem se identificava na sensibilidade e no gosto pelo cinema e pela música. Difícil mensurar o estrago provocado em sua jovem persona pela trágica morte de Irene, assassinada pelo marido aos trinta e sete anos.

Desde o referido episódio e suas inusitadas consequências, Eduardo se convencera de que a violência é uma mácula que jamais se esvanece do ambiente familiar, contaminado por um bafejo de aromas doentios, a despeito dos esforços dos membros remanescentes para dissipá-los.

3

Sentaram-se à grande mesa do salão paroquial, onde o café já estava servido. O delicioso queijo local, a geleia e os pãezinhos caseiros obrigavam o jovem reverendo a um contínuo controle de peso, facilitado pelas corridas diárias. Apavorava-o a possibilidade de, seduzido pelas guloseimas, tornar-se o padre glutão e obeso que habita o imaginário popular. Era bonito, com sua pele muito clara e seus cabelos negros e lisos. E era vaidoso, o que já não causava espanto a ninguém depois da popularização dos padres midiáticos, arma poderosa do catolicismo na luta pela preservação do rebanho.

Recordaram episódios da infância, como sempre faziam quando se encontravam: as longas caminhadas em grupo, os passeios a cavalo, os banhos de rio e as loucas descidas na correnteza em boias de câmara de pneu, a despeito dos recorrentes casos de afogamento na região. Heloísa não se continha ao falar dos mergulhos na água da enchente que invadia o quintal, burlando a frouxa recomendação dos pais, preocupados com doenças contagiosas. Essas lembranças sempre arrancavam gargalhadas da moça, estupefata com a falta de responsabilidade que caracteriza a fase inicial da existência, quando não a fulmina precocemente. Logo ela, transformada numa adulta tão comedida. E como se essas tolas estripulias tivessem algum significado diante do perigo que agora os espreitava.

Eduardo tomou a iniciativa de interpelar a amiga para obter maiores detalhes, embora não o desejasse em seu íntimo. Sentia-se como um personagem do grande mestre do terror, prestes a retornar ao torrão natal para enfrentar a sanha do palhaço assassino.

— Agora me conte o que Felipe revelou.

— Tudo começou com o retorno das visões, uns dez dias antes do sumiço da garota. Você sabe, quando é assaltado por esses pressentimentos ele perde o controle, não consegue evitar.

– E o que ele vê?

– O mesmo das outras vezes. A floresta, o rio, um lugar escuro e sufocante, um ser ameaçador à espreita. Uma criança aflita, chorando. Mas está mais intenso agora.

– E como estão as coisas na fazenda?

– Pois é, aí a situação piora. Soube que Juliana voltou a ter crises de sonambulismo. Agita-se durante o sono, pronuncia frases ininteligíveis e caminha pela casa. Anderson a conteve quando estava prestes a sair durante a madrugada, com a porta já destrancada, como se algo a atraísse para fora. Teve que tomar precauções, esconder as chaves e reforçar os cadeados.

– Quem mais sabe disso?

– Os colonos estão apreensivos, mas essas informações têm que ser filtradas, há muita superstição envolvida. O fato é que alguns juraram ter visto o vulto de um homem rondando a casa, percorrendo os caminhos que levam à fazenda ou as ruas desertas do vilarejo à noite. Os relatos já se acumulam, não podem ser meros boatos.

– Os comentários chegaram ao povoado?

– Com certeza. Há uma forte tensão no ar e o aroma de rosas invadiu as noites, além do som distante de gritos e lamentos.

O aroma de rosas. Para os antigos, um presságio fúnebre. Eduardo pensou na trágica história dos irmãos Corso, escrita em meados do século XIX. Porque certas maldições não têm época, nem lugar.

4

O nascimento de Anderson representou um sopro de alegria para os Cardoso, que insistiam na vetusta preferência pelo primogênito, a quem cumpria o encargo de dar continuidade ao nome e aos negócios da família. Esse também foi o fardo despejado sobre o mimado Naldo, inclusive porque seu único irmão, favorecido pela indolência comum na criação dos caçulas e por um inesperado talento para as artes, pôde tomar as rédeas do próprio destino.

A recém-formada família despertava a admiração e a inveja de praxe, tendo em conta o perigoso tripé sobre o qual se sustentava: juventude, beleza e riqueza, entrelaçadas num caprichoso excesso do destino. Naldo exultava com o filho pequeno, mas estava claro que seu maior orgulho era Irene, a moça mais bela da cidade que, na sua lógica já levemente conturbada, simbolizava a primeira conquista pessoal, algo de valor que não lhe fora ofertado de bandeja pelos pais. Talvez nesse detalhe residisse o mote da fixação extremada que viria a desenvolver na esposa. Com o passar dos anos, enquanto ela criava o filho e buscava se adequar à vida modorrenta da fazenda, o marido era assaltado por inquietudes crescentes e injustificáveis.

Era bem verdade que a vida rural não era do agrado de Irene. Sentia falta do convívio com a família e as amigas, das conversas e dos passeios, dos bares e das festas. No início do casamento frequentava sempre a casa paterna. Após o nascimento do filho e com as crescentes dificuldades criadas pelo esposo, as visitas foram se tornando escassas.

Nutria afeto pelo marido, embora a sobressaltasse uma vaga sensação de não ser talhada para o matrimônio. Era, acima de tudo, o amor pelo filho que a fazia permanecer. Mas Naldo parecia pouco disposto a se conformar com a posição secundária que o destino lhe reservara. Queria a atenção integral da esposa. Ansiava por um sentimento proporcional ao que acreditava nutrir. Julgava-se merecedor disso. Não se conformaria com menos, porque a vida não lhe negara nada até então.

A melancolia da mulher o exasperava. Seus solitários passeios noturnos o enfureciam. Tinha ciúme de todos os homens, dos empregados da fazenda ao pediatra do filho, passando pelo próprio pai, cujo carinho pela nora o desagradava. Fomentava, com isso, uma raiva crescente da esposa, a quem passou a hostilizar na intimidade e em público, subestimando sua capacidade intelectual e comparando-a a outras, quase sempre mais jovens e mais arrojadas. As características que antes o atraíam agora o repugnavam.

Adquiriu o hábito de arremedar a mulher, reproduzindo pequenos gestos de forma caricata: sua maneira de falar com o filho, de se dirigir aos empregados, de se recostar para ler ou ouvir música, de beber uma taça de vinho. Até mesmo o ritual semanal de cuidar das unhas e dos cabelos, que outrora admirava e estimulava, tornou-se alvo de ironias. Mas isso foi só o começo. A violência doméstica é um fenômeno insidioso, que se instala como uma doença silenciosa e mortal.

Começou a abusar da bebida e a dormir na cidade, onde atravessava noites em claro com os amigos e as amantes. Mas a boemia, como alternativa para a felicidade familiar, não funciona para qualquer um. Arrogante, irritadiço e alvo de despeito pela própria condição de nascença, cedo começou a escutar piadas sobre sua incompetência para preservar mulher tão bela e para gerir o patrimônio angariado pelas gerações anteriores. Em vez de se afastar do ambiente tóxico, insistia em permanecer e tentar se impor diante dos companheiros, enquanto em casa se tornava mais agressivo, direcionando seu recalque à mulher.

Não tardaram a vir à tona as dificuldades financeiras que buscava, desesperadamente, esconder. Perdido entre a ostentação arrojada do agronegócio e uma estrutura arcaica semifeudal, mostrou-se um fracasso na administração da fazenda depois que o pai, em busca de tratamento para a doença degenerativa da esposa e já um tanto decepcionado com o filho, mudou-se para a capital. O fiasco da gestão, os empreendimentos pretensiosos e os empréstimos contraídos a juros altos puseram em risco a propriedade e, por tabela, a integridade física de Irene diante da instabilidade crescente do esposo, um Quixote grotesco que, inapto para enfrentar seus inimigos reais, combatia os entes mais próximos.

A mulher chegou a buscar apoio na família, mas seus genitores, imbuídos dos conceitos tradicionais de perpetuação do matrimônio, orientaram-na a contemporizar. Tratava-se de uma fase ruim que o casal superaria. A presença do pai era fundamental na criação do menino, precisava pensar no futuro, na faculdade. A vida estava difícil e homem era assim mesmo. Reproduzia-se, em nova roupagem, o velho discurso patriarcal sintetizado no chavão "ruim com ele, pior sem ele". E, então, às fases de perdão e de promessas de mudança alternaram-se as de insultos, ameaças e explosões de ódio, em episódios cada vez mais graves e frequentes.

Mas esta, ao contrário do que possa parecer, não é uma história recorrente de abuso familiar. É uma história sobre o selo amarelo da loucura. Uma história de maldição.

5

Helô encheu mais uma xícara com o café escaldante. Adorava essa bebida, além de um vinho tinto não muito encorpado. Bebericando devagar, divagou nas lembranças relacionadas ao irmão. Perdera a conta das vezes em que tivera que interceder em defesa dele na escola, onde seus dons em estado bruto desencadeavam reações pouco amistosas. Lembrou-se da ocasião em que ele quase levou uma surra porque teimou em permanecer abraçado a um colega, impedindo-o de subir no balanço que, mais tarde, constatou-se estar seriamente danificado, com a corrente prestes a arrebentar. Mas o estrago já estava feito. Teve que arrancá-lo, paralisado, de uma roda agressiva de moleques aos berros de "Bichinha! Bichinha!".

Sempre que a via assim, compenetrada, Eduardo pensava na Heloísa de Abelardo e em sua intensa trajetória. Afastou esses pensamentos pouco ortodoxos e pediu maiores detalhes.

— Achei que Felipe não tinha mais visões, que havia aprendido a controlar seus dons.

— Sim, já não via nada de perturbador desde que conheceu Diogo. Ele é a calma em pessoa e trouxe um enorme equilíbrio à vida do meu irmão. Mas agora as sensações retornaram com força total, não tenho dúvida de que algo ruim está para acontecer.

— Anderson já sabe?

— Não das visões de Felipe. Vim procurar você primeiro.

— Sei das suas dificuldades com ele depois do rompimento, mas precisamos nos reaproximar. Não temos escolha.

— Não se preocupe, sei bem separar as coisas. E não estamos brigados, nos falamos quando necessário, principalmente sobre a Ju. Apenas chegamos à conclusão de que, como casal, não funcionávamos mais. *C'est la vie.*

O velho amigo a observou de esguelha. Conhecendo seu temperamento, optou por ficar calado.

— Vou falar com o padre Roberto e pedir para me afastar por alguns dias. Não posso revelar os reais motivos, mas ele confia em mim e sabe que tenho questões pendentes em Remanso. Partiremos assim que eu conseguir colocar tudo em ordem.

Poucos meses após a morte da matriarca dos Cardoso, o pai sofreu um infarto e também faleceu. Esses dois eventos traumáticos seriam determinantes na trama que se desenvolveria a seguir.

O filho mais jovem retornou à casa paterna, que não visitava havia anos. A partida dos pais gerou, em seu íntimo, o desejo de rever o irmão, de resgatar a intimidade arredada pelas escolhas da vida e por uma natural incompatibilidade. Além disso, fazia-se necessário chegar a um acordo quanto à partilha dos bens.

Maximiliano tinha uma vaga noção dos problemas financeiros que o irmão vinha enfrentando, bem como dos excessos etílicos que o acometiam. Desconhecia, contudo, a intensidade dos distúrbios matrimoniais, camuflados sob o manto hipócrita da harmonia doméstica.

Não viera de passagem. Sua intenção era permanecer por uma longa temporada, alguns meses ou mais, o suficiente para refazer o vínculo com a família e se inteirar dos negócios. Deixou o escritório da capital por conta do sócio, estava bem estabelecido e dispunha de uma equipe dedicada.

Naldo acolheu o irmão com cordialidade e uma boa dose de desconfiança. Estranhou aquela repentina aproximação e recebeu, com reservas, a notícia de que a estada de Max não se limitaria a um bucólico final de semana, conforme imaginara a princípio.

Para seu desgosto, a identificação de Anderson com o tio foi imediata. Em parte porque se ressentia da ausência afetiva paterna, em parte pelo temperamento jovial de Max ou pelo estilo cosmopolita, o certo é que os dois se entenderam maravilhosamente. Andavam a cavalo pela fazenda onde o jovem exibia, cheio de orgulho, os exemplares de exposição, as campeãs leiteiras e as novilhas. Em contrapartida, o tio o atualizava nas novidades da música e do cinema e o surpreendia com seu vasto conhecimento de arte e arquitetura.

Essa súbita identificação já seria suficiente para abalar a frágil estrutura psicológica de Naldo. Mas não foi só isso. O cunhado também encantou Irene, trazendo à casa um sopro de alegria e descontração.

Com tudo conspirando a favor, Maximiliano teve a ideia de montar um pequeno escritório na cidade. Especializara-se em design de interiores, poderia agregar exposições de objetos de arte. Nada muito caro ou sofisticado, tendo em conta os hábitos simples e o limitado poder aquisitivo da população local. Apostaria na praticidade aliada ao bom gosto.

Convidou Irene a se juntar a ele no projeto. Como sua presença também era exigida na capital, precisaria contar com reforços, e a cunhada seria perfeita como assistente e relações públicas. Era de total confiança, conhecia a comunidade e se interessava por arte, além de ser uma leitora compulsiva.

Difícil perscrutar as reais intenções de Max. Muitos dos que o conheceram asseguravam que era um homem generoso e honrado, mas havia controvérsias. Embora o complicado Naldo mantivesse as aparências na presença do irmão, presenteando Irene com um breve período de paz, é provável que o caçula percebesse a angústia da cunhada e buscasse amenizar sua inadequação à vida isolada na fazenda.

7

O jovem padre obteve, sem maiores dificuldades, a chancela de seu superior para passar alguns dias no distrito natal. Sua especial condição possibilitava a suspensão temporária da rotina religiosa, pois não eram raras as solicitações de atendimento em outras localidades. Nessas ocasiões, somente as perguntas indispensáveis eram formuladas, porque as justificativas seriam apresentadas em seu devido tempo.

Chegaram ao distrito de Remanso no crepúsculo, horário em que o sol agonizante, derramando um vermelho ímpar sobre as águas mansas do Rio das Dores e sobre as coloridas fachadas do casario antigo, tingia o vilarejo de um rubro-rosa estupendo que muito contribuía para a aura surreal daquele pedaço perdido de mundo, fonte inesgotável de mistérios e de renda para o município. Eduardo observou o intenso movimento dos turistas, esgotados pelas longas caminhadas nas trilhas irregulares que levavam aos mirantes, às cachoeiras e às ameaças sombrias da floresta.

Dirigiram-se à casa da família de Heloísa, no entorno da pracinha da igreja, onde pouca coisa mudara desde a infância. A mesma varanda e o mesmo jardim à moda antiga, os pequenos canteiros cercados de pedras, a pintura nova denotando cuidado. Nos fundos, a área de lazer reformada e os dois pequenos apartamentos erguidos para o conforto e a privacidade dos filhos. Felipe morava no segundo andar com o companheiro Diogo. Eduardo, cuja família já não residia na região, instalou-se no térreo, enquanto Heloísa ocupou seu antigo quarto no interior da residência.

Enquanto organizava a bagagem, o padre lançou um olhar nostálgico às fotografias enfileiradas na prateleira. Na primeira delas, sentados sobre o tronco da prainha, os quatro amigos exibiam sorrisos despreocupados. Na foto seguinte, tirada poucos anos depois, cercavam a pequena Jujuba (era o apelido de Juliana) com a expressão já modificada. Alavancada por razões sobre-humanas, a maturidade se precipitara para eles.

Descansaram um pouco e, por volta das oito da noite, reuniram-se para um pequeno churrasco em família, hábito que cultivavam desde sempre. Ouviram música, beberam a deliciosa cerveja artesanal do Sr. Sérgio, conversaram sobre política, cinema e literatura. Os pais se ressentiam da ascensão da extrema direita e da queda do véu de civilidade que, até então, encobrira a face reacionária da nação. Preocupavam-se com o discurso arrojado da filha professora de História; mas temiam principalmente pelo filho que, nos últimos tempos, sentira na pele as evidências da crescente homofobia, tanto nas relações pessoais quanto nas de trabalho.

Eduardo pensou no sumo pontífice e no tratamento humanitário que dispensava aos fiéis homossexuais. Olhava com generosidade para aqueles amigos leais e batalhadores, mas esses não eram tempos favoráveis às posturas progressistas, e mesmo o papa vinha sofrendo retaliações por parte dos setores conservadores da Igreja. Ainda assim, representava um sopro de boa vontade e tolerância, um genuíno contraponto ao discurso de ódio que avançava sobre o mundo dito civilizado, abalado pela recessão, pelo desemprego e pela crise migratória.

Depois que os pais se recolheram, os quatro jovens permaneceram sentados em torno da churrasqueira. Era visível a tensão de Diogo diante da mudança no comportamento de Felipe. Tinha ciência de sua capacidade mediúnica, mas nunca vivenciara qualquer manifestação. Percebia agora que a exacerbação desses dons, atrelada aos acontecimentos recentes, afetava a saúde física e emocional do companheiro, que já não dormia nem se alimentava direito. Tinha pesadelos à noite e, durante o dia, ostentava uma expressão distante que provocava calafrios.

Falaram sobre as visões e aparições, comparando as de outrora às atuais. Concluíram que os sinais nunca haviam sido tão explícitos. Diogo indagou sobre a possibilidade de afastarem Juliana da propriedade, ao que todos se opuseram. Sempre que Anderson tentara levá-la para longe, a menina adoecera gravemente, de causas inexplicáveis até para renomados médicos e terapeutas. Parecia presa por um fio invisível que a atrelava à casa paterna e sustentava sua existência assombrada. Após inúmeras tentativas frustradas, o irmão, temendo pela vida da criança, desistira de partir com ela.

Agora ela estava em risco novamente, talvez o mais grave risco desde o seu nascimento. Era hora de agir. Iriam todos para a fazenda na manhã seguinte, Anderson já os aguardava.

8

Nos meses posteriores à chegada de Maximiliano, o projeto para a instalação do escritório/galeria avançou rapidamente. O arquiteto demonstrava seu perfil empreendedor, providenciando legalização, reforma e decoração do local. Anderson acompanhava tudo com grande interesse e chegou a viajar duas vezes com o tio em busca de peças para a exposição de abertura.

Quanto a Irene, estava eufórica com a oportunidade inesperada. Tão satisfeita que não percebia, ou tentava ignorar, o incômodo crescente e a ira mal contida que se apossava do marido, imerso em seu recôndito abissal, fossa inacessível na qual sedimentava a variada gama de excrementos produzida por uma mente perturbada.

Mas sempre há coisas piores à espreita. Tudo se agravou quando Maximiliano, alegando a necessidade de investir na ampliação do escritório central e ponderando os prejuízos recorrentes no balanço da propriedade, sugeriu a venda integral ou parcial da fazenda. Naldo poderia permanecer com a casa e as terras próximas se assim o desejasse, embora a venda total, de porteira fechada, representasse um negócio muito mais vantajoso para ambos. E era isso, não havia nada a fazer. Eram dois herdeiros. Maximiliano queria a parte dele e o irmão não dispunha de recursos para a aquisição. Não havia pressa, daria um tempo para que o outro avaliasse a situação e propusesse eventuais alternativas.

Difícil encontrar palavras aptas a descrever o sentimento que passou a corroer as entranhas de Naldo. Ele, o primogênito dos Cardoso, tratado com pompa e deferência desde o nascimento, ungido e protegido pelo pai, eleito para assumir o lugar dos antepassados na posse e administração da imensa propriedade, senhor das terras e das gentes. Como assim, dois herdeiros? Quem era aquele irmão, que partira ainda jovem e nunca se interessara pela propriedade, a não ser para sustentar sua vida abastada? Quem era aquele irmão, do qual guardava parcas lembranças de infância e que, de uma hora para outra, se intitulava senhor de direitos equiparados aos dele? Nunca admitiria. Ninguém usurparia seu posto, ninguém subtrairia seu feudo. Essa era a sua verdade, uma verdade muito particular.

9

Na manhã de sexta-feira partiram os quatro para a fazenda, pois Diogo não abriu mão de acompanhar Felipe. Chegaram por volta das dez horas e foram recebidos calorosamente por Anderson, que já os esperava na última porteira. A aparência da propriedade, sob a administração firme do amigo de infância, mais uma vez encantou a todos, com destaque para a mata preservada e restaurada, revelando uma preocupação ecológica incomum na rústica região.

Dentro da casa, Juliana os recebeu com carinho. Já não era criança, aparentando mais que seus quinze anos incompletos. O rosto muito branco era emoldurado por uma farta e lisa cabeleira negra, presa num rabo de cavalo bem alto. A íris escura atribuía uma profundidade ímpar ao seu olhar, e Diogo, que só através de fotos conhecera a família, enfim compreendeu a razão do apelido "Branca de Neve". A menina, clone aprimorado de Irene, era detentora de uma beleza quase sobrenatural. Usava calça jeans, camiseta de malha branca e tênis de cano longo, numa simplicidade adolescente que só fazia valorizar sua aparência incomum. Vinha acompanhada de Dinorá, antiga governanta e eterna protetora da família que tomara como sua.

O olhar de Heloísa para Juliana transbordava carinho. Mesmo afastada de Anderson e da fazenda há dois anos, nunca deixara de encontrar a menina, que cursava o fundamental na cidade. Tinha plena consciência de sua importância enquanto referencial feminino jovem (o maduro ficava a cargo de Dinorá) e desde muito cedo assumira, de bom grado, o papel que o destino lhe reservara. E, nesse contexto, a pequena Jujuba acabou recompensada com duas mães, uma idosa demais e a outra jovem em excesso. Na prática, uma avó e uma irmã mais velha. Sem mencionar o pai postiço, hercúlea posição à qual o irmão se viu erigido antes dos dezessete anos. Mero suprimento, por maior que fosse o amor envolvido na equação.

Apesar do temperamento dócil, a personalidade da garota guardava singularidades que não passavam despercebidas à professora, habituada ao contato com os jovens: o olhar penetrante, a seriedade excessiva, a dificuldade de se relacionar com pessoas da mesma idade, o apego exagerado àquele malfadado lugar. Pairava sobre ela um mistério que Heloísa não lograra dimensionar. Reparou também na tensão estampada no rosto de Anderson, apesar da alegria de rever os amigos. Ao contrário de Juliana, ele, com seu queixo quadrado, os cabelos claros e o corpo vigoroso, parecia demais com o pai, embora detestasse a comparação.

Felipe também observava a menina com afeição e curiosidade. Em parte, por intuição, em parte por suas habilidades inatas, notava nela algo peculiar. Alguma coisa ainda latente, mas agora bem mais intensa do que na infância. Fruto da mística que a envolvia desde o nascimento? Não saberia responder, pelo menos não naquele momento. Mas alguma coisa emanava dela, algo que nunca captara em outro ser vivo e que não era perceptível aos demais. Estava convencido de que Juliana era o verdadeiro elo que entrelaçava o grupo, estendendo para além dos limites da adolescência uma amizade que, em condições normais, talvez estivesse fadada a se desintegrar.

Almoçaram juntos na grande mesa ao ar livre na frente da casa, onde as flores e trepadeiras abundavam e refrescavam o ambiente.

Dinorá caprichou no frango com quiabo e no angu molinho, uma especialidade da região. Para beber, suco de laranja com acerola e o correto vinho tinto fabricado na fazenda.

Recordaram a época da infância, o que sempre divertia Juliana, porque o quarteto era mesmo de arrepiar. Sua estripulia favorita era a da cobra de tecido recheada com paina e puxada às escondidas por um fio de nylon. Gargalhava ao escutar, pela enésima vez, o relato da gritaria apavorada dos transeuntes, ocasião em que os próprios autores da façanha se apresentavam como salvadores e apedrejavam o "perigoso réptil".

O dia transcorreu tranquilo, com o sol invernal aquecendo e iluminando o ambiente. No entanto, tudo mudou ao cair da noite, quando os sons e as sombras se apropriaram dos objetos e seres que, até então, integravam o universo dos humanos.

10

Indiferente ao impasse estabelecido entre os irmãos, uma novidade avassaladora veio sacudir aquele improvável agrupamento familiar: Irene descobriu que estava grávida.

Ela, que jamais tornara a engravidar após o nascimento do filho. Ela, que pouco se deitava com o marido, só o fazendo muito a contragosto, quando este exigia a quitação do obsoleto "débito conjugal". Ela, que mal suportava a presença do esposo, mais uma vez carregaria uma parte dele em seu ventre.

A gravidez de Irene, ao contrário do que se esperava, não foi capaz de apaziguar a mente transtornada e o coração enrijecido de Naldo, um Otelo moderno que envenenava a si mesmo, dispensando a figura insidiosa de Iago. Quanto mais a barriga crescia, mais introspectivo ele ficava, e, nas poucas vezes em que se dirigia à mulher, era para desfeiteá-la com os adjetivos de praxe: estava gorda e feia, além de velha demais para enfrentar uma gestação.

Os enjoos recorrentes e a prostração inicial dificultaram o trabalho de Irene no negócio recém-inaugurado. Esforçava-se para auxiliar o cunhado, mas aparentava estar desenvolvendo um quadro de depressão que a impedia de agir e sair, exceto para as caminhadas noturnas na fazenda. O tema da venda da propriedade foi temporariamente suprimido em razão da fragilidade do seu estado, mas de forma alguma seria esquecido pelos irmãos, Naldo em especial.

Irene contava pouco mais de oito meses de gravidez quando uma violenta briga com o marido alcoolizado, que a provocou com ofensas e colocou em xeque a paternidade da criança, a fez sair de casa numa noite de tempestade. Após três dias desaparecida, a despeito das buscas organizadas por Naldo, ressurgiu do nada com a filha nos braços e se recusou a fornecer qualquer explicação. Seu silêncio deu origem a um enigma que alimentaria por semanas o imaginário popular. Onde se escondera naquelas setenta e duas horas, de forma a não ser localizada pelos melhores guias da região? Como sobrevivera a um parto solitário, com sua delicada compleição física? Que espécie de agouro essa nova vida traria aos que a circundavam?

Ah, o estranho céu após a tempestade! De uma tonalidade tão absurda que obscureceu as estrelas. Tresloucadas conjecturas sobre pactos malignos e abduções extraterrestres propagaram-se, rápida e abundantemente, no supersticioso povoado; e os fenômenos observados a seguir agravariam esse contexto. Perturbações se avolumaram na fértil imaginação das pessoas e pareceram se expandir para a natureza ao redor, desviando aquele frágil mundo do eixo aparente de normalidade, ao qual nunca mais retornaria.

11

A noite surpreendeu Heloísa e Anderson sentados na comprida varanda enquanto os amigos descansavam no andar de cima, e enquanto Dinorá preparava o jantar com o auxílio de Juliana, que andava se arriscando na culinária, inspirada pelos programas televisivos. Conversaram sobre diversos assuntos, exceto os muito pessoais, em especial o desfecho de seu longo namoro.

Bastou o luar inundar a fazenda para que os primeiros sons se fizessem ouvir. E nem foi necessário aguardar as doze badaladas, como nos clássicos de terror. Uivos e gemidos, semelhantes aos de um animal ferido, tomaram conta do ambiente. Helô perguntou, por desencargo de consciência, se os sons poderiam advir de cães domésticos ou selvagens. Anderson assegurou que não eram cães domésticos e que os cachorros-do-mato há muito haviam desaparecido, afugentados ou dizimados pelos fazendeiros. Em seguida veio o cheiro de rosas mesclado ao de azedume e podridão, que ele também garantiu não ser proveniente de nenhuma planta conhecida. Nem mesmo a dama-da-noite exalava odor assemelhado.

Eduardo foi o primeiro a descer, intrigado com os ruídos pouco sutis, quase decididos a se expor. Logo em seguida vieram Diogo e Felipe, o primeiro um tanto surpreso porque somente ouvira falar dos fenômenos; o segundo introspectivo, como estava desde que entrara em contato com as vibrações do lugar. Juliana seguia ajudando Dinorá na cozinha, numa clara manifestação do seu esforço para levar uma vida normal apesar de tudo.

A primeira atitude do grupo foi um olhar de indagação na direção de Eduardo.

— Não me olhem assim! Minha formação não me deu poderes de adivinhação. Talvez Felipe esteja mais apto a desvendar esse mistério.

Mas o rosto sério de Felipe nada revelava. A velha Dinorá se aproximou, pois não era do seu feitio deixar passar em branco a chance de palpitar.

— Os sinais são os mesmos, o sumiço da criança não deixa qualquer dúvida. Vocês ainda se espantam porque não conhecem como eu o passado desta família e destas terras. Tem algo podre neste lugar. E está aqui há muito tempo.

12

Irene dividia seu tempo entre os cuidados com a pequena e a atenção com o filho adolescente. Não era a mesma desde o misterioso nascimento de Juliana, tornara-se uma mulher mais sólida e mais segura. Com o marido, procurava manter um relacionamento cordial, mas distante o suficiente para evitar novos surtos. Seu afeto por ele já se reduzia a fiapos, mas ainda assim ela se esforçava para forjar uma harmonia e preservar o bem-estar da recém-nascida. Decorridos, porém, os seis primeiros meses, ela o surpreendeu com o pedido de separação.

A reação inicial do homem foi dramática. Chorou, jurou amor e de novo prometeu buscar tratamento. Mas Irene se mostrou irredutível, argumentando que seria a melhor saída para ambos e para os filhos, vítimas inocentes de um projeto familiar fracassado. Esforçou-se para amenizar o impacto da notícia, argumentando que passaria a morar na cidade e que ele poderia visitar as crianças sempre que quisesse, mantendo o vínculo parental.

Como era de se esperar, a comoção de Naldo durou pouco tempo e logo deu lugar ao ódio incontrolável que tinha na mulher seu principal destinatário, mas que também se estendia na direção dos filhos, a menina em especial. Duvidou da paternidade, sob o argumento de que ela não tornara a engravidar após o nascimento de Anderson. Proferiu os impropérios de sempre, acusando-a de burra, fraca e imprestável. Questionou sua capacidade para manter uma casa e gerir uma família, não era nada sem ele. Berrou que estava louca em acreditar que levaria as crianças. Se quisesse partir, que o fizesse, que sumisse de vez, a porta da frente era serventia da casa, mas os filhos não, jamais permitiria.

Só que a mulher estava mudada e, ao contrário das outras vezes, assistiu à cena com indiferença, do tipo que se estabelece diante das coisas que não têm mais conserto. Manteve sua posição, não voltaria atrás. Conseguiria trabalho como professora. Não havia nada a desabonar sua conduta e o poder econômico, por si só, não justificaria a concessão da guarda ao pai. Falava com calma, o que só fazia exacerbar a ira do homem, que recebia cada palavra como um açoite e, ao final, vociferou que preferia vê-la morta, preferia todos mortos. Sentia-se profundamente injustiçado e ofendido em sua honra.

Nesse contexto de embate conjugal, o irmão, que passara as últimas semanas na cidade, retornou à fazenda. Queria rever os sobrinhos e retomar o assunto da venda da propriedade.

13

Quando Dinorá falava, as pessoas paravam para ouvir. Além de articulada, era respeitada por uma suposta ligação com o oculto, fama construída ao longo de décadas de dedicação ao tratamento de enfermos com ervas medicinais. Mas não só por isso. Tornara-se uma espécie de celebridade local graças aos misteriosos castigos que, ocasionalmente, acometiam seus desafetos. Nada muito grave ou definitivo. Como na ocasião em que, após se descobrir traída num breve matrimônio, passara a ser perseguida nas ruas do vilarejo por um ex-marido suplicante e impotente.

As lembranças da velha governanta não eram novidade para o grupo, com exceção de Diogo. Ainda assim captavam a atenção, considerando a proximidade com os personagens e o prolongado convívio na famigerada residência. As governantas e empregadas domésticas, com seu trânsito irrestrito pela casa e seu vínculo construído na intimidade, diferenciam-se dos demais trabalhadores e, comumente, conhecem mais detalhes da vida das famílias do que seus próprios membros.

Dinorá trabalhara, desde muito jovem, para a avó de Anderson e Juliana, a Dona Carola, como ficara conhecida desde muito cedo a menina Carolina. Através dela, tivera ciência das histórias dos antepassados do marido, em confidências que se tornavam mais detalhadas à medida que a doença afetava o discernimento da patroa.

Foram assim descortinadas, para a discreta funcionária, histórias escabrosas sobre crianças nascidas de um relacionamento entre irmãos, duas delas mortas num mal apurado caso de afogamento. O mais jovem, e único sobrevivente dessa prole, viria a ser o bisavô de Naldo.

Nesse episódio de incesto residiria o nascedouro da mácula da família, que os céticos atribuíam à consanguinidade e os crédulos, à maldição. Dinorá gostava de reverberar a teoria da patroa de que o vício e a demência sempre saltam uma geração. Porque o marido de Carola, filho de um louco suicida, poderia ser classificado como um "homem do seu tempo", nutrido pelos ranços e preconceitos característicos de sua época e classe social. Prepotente, misógino e provido de um atávico desprezo pelos humildes, essa criatura insuportável, mas lúcida, infernizara a vida dos empregados e da esposa. Ninguém acreditava que poderia piorar. Mas piorou. A loucura dos Cardoso, transmitida ao primogênito e incrementada pelo ideário torto do pai, dera origem a uma verdadeira bomba-relógio, carinhosamente apelidada de "Naldinho".

A velha governanta relatava tudo à sua maneira, sagaz e atrevida, de sentir e explicar as coisas. Não tinha o hábito de ler, mas era fã dos noticiários e documentários da tevê. Transplantando para aquele ambiente a tradição oral de seu povo, tornara-se uma inveterada contadora de histórias. E a presença de Anderson não a intimidava; apenas Juliana a fazia medir um pouco as palavras.

E ela prosseguia contando que José Ronaldo, embora amoroso com a mãe, desde cedo se revelara arrogante com as crianças da fazenda, prepotente com os amigos e cruel com os animais. Tais comportamentos eram naturalizados e até mesmo estimulados, principalmente pelo pai. Já na idade adulta, graduado e viajado, aparentava ter deixado para trás os velhos hábitos, adquirindo uma polidez que disfarçava sua real essência.

Quanto ao caçula, fazia um tipo distraído, disfarçando uma inteligência muito superior à do irmão. Desde pequeno demonstrara vocação para o desenho, talento que, se não agradou ao pai, também não despertou repúdio como seria de esperar. Isso porque Honório, incapaz de equilibrar seus afetos, investia toda sua energia no favorito da prole. A velha especulava se aquela negligência teria afetado a personalidade de Maximiliano. Ouvira na televisão um famoso psiquiatra teorizar que o segundo filho não teria outra escolha senão se tornar o oposto do primeiro e, dessa forma, garantir seu espaço na constelação familiar. Essas mesmas diferenças acabaram por distanciá-los, e ela então narrava o caso do jabuti de Max que, após uma briga entre os irmãos adolescentes, começou a vomitar e morreu. Só então o estarrecido dono descobriu, fincado bem fundo na barriga do pobre, um enorme prego enferrujado. Naldinho nunca reivindicara a autoria da façanha, mas o vínculo entre eles, que já não era essas coisas, restou irremediavelmente abalado. Na primeira oportunidade, o filho mais novo partiu para a capital, de onde só retornaria em ocasiões muito especiais.

E Dinorá chegava ao assunto favorito, que distendia as linhas de expressão do seu rosto e amenizava a sua verve provocativa: Irene. Aquela que, pelo tratamento afetuoso e respeitoso, aprendera a amar como uma filha, mais que os irmãos que ajudara a criar. Com ela, estabeleceu um poderoso laço de amizade e confiança que viria a se estreitar após a morte dos pais num acidente de carro, evento infeliz que aprofundou o desamparo da moça, filha única do casal.

Do alto de sua simples sabedoria, percebia uma força especial por trás da aparente fragilidade de Irene e nunca se conformou em vê-la enterrada naquele lugar ao qual não pertencia, sem vida própria e à mercê das sandices do marido. Mais do que qualquer outra pessoa, testemunhara a progressão dos distúrbios de Naldo e a reação tardia da mulher, que só adquiriu forças para enfrentá-lo após o misterioso nascimento da filha e no anseio de protegê-la.

A chegada de Juliana interrompeu a conversa sobre o passado familiar. Não que o desconhecesse, mas a zelosa Dinorá preferia evitar tais assuntos na presença da garota, cujo fardo, dizia a velha, já era pesado demais.

Daí por diante falaram somente de amenidades, enquanto degustavam os deliciosos doces de tacho que, Heloísa acreditava, Dinorá era a única pessoa na face da terra com disposição para fazer, tamanho o esforço físico que demandavam.

14

Naquela noite de sexta-feira seria comemorado o aniversário do melhor amigo de Anderson, que, por esse motivo, obteve permissão para dormir no distrito, evitando retornar durante a madrugada. Chovia muito, e a estrada para a fazenda era traiçoeira.

Irene ficou satisfeita ao ver o filho sair para se divertir e escapar, ainda que por um breve período, daquele ambiente deteriorado. Estava no quarto com a filha quando escutou, vindas do primeiro andar, vozes alteradas que rapidamente evoluíram para uma violenta discussão. Acomodou a criança o mais depressa que pôde e desceu as escadas, a fim de descobrir o que estava acontecendo.

Chegou a tempo de ouvir o marido acusar o irmão de ser um interesseiro, sem qualquer amor pelas terras da família; e Max revidar chamando o outro de louco e mau caráter por não reconhecer seus direitos. De pé na porta da cozinha, com um pano de prato nas mãos, Dinorá observava a cena com os olhos arregalados, sem saber o que fazer. Irene também ficou paralisada diante da gravidade dos insultos, temendo que sua interferência colocasse mais lenha na fogueira.

Nunca haviam se confrontado daquela forma. Não era o estilo do ponderado Max e muito menos do ardiloso Naldo, adepto da sabotagem e dos achaques covardes a subalternos e demais impossibilitados de oferecer resistência. O sangue fervia no rosto dos dois, mas o do primogênito se destacava pelas veias saltadas e pelo olhar desvairado. Parecia que ia pular sobre o caçula quando este o acusou de adoecer a todos. Berrou descontroladamente que Max queria lhe roubar a mulher e os filhos, porque não tinha sido capaz de formar sua própria família. Vociferou que o irmão era um usurpador e que, por trás da máscara de bom moço, só estava interessado no dinheiro.

Maximiliano pegou as chaves do carro e saiu bruscamente, alertando que não tornaria a falar com o irmão e que seu advogado o procuraria para tratar da venda de sua parte na propriedade. Entrou no carro, deu a partida e seguiu na direção da estrada que descia para o vilarejo.

Irene estranhou a expressão de vitória no rosto do marido, mas, temendo sua reação, preferiu se afastar e retomar os cuidados com a filha, enquanto ele foi para o escritório se servir de mais uma dose de uísque.

Duas horas se passaram antes que a notícia chegasse à sede. Chovia muito e o administrador veio avisar que um jovem empregado, ao voltar de moto pela estrada, vira o carro de Maximiliano capotado no remanso. Reconhecera o automóvel apesar do mau tempo, pois era o único esportivo azul da cidade. Provavelmente perdera o controle na descida da serra e despencara no rio, porque não havia outro veículo no local. O jovem, com alguma dificuldade, descera a ribanceira na tentativa de prestar socorro, mas fora inútil. O caçula dos Cardoso estava morto.

Paralisada no alto da escada, sem conseguir acreditar no que ouvia, Irene ficou estupefata com a atitude do esposo que, manifestando descaso, limitou-se a declarar que avisaria à polícia pela manhã. Dinorá, que já se recolhera, acordou com o tumulto e a tempo de vê-la enfrentar o marido, gritando que era um absurdo, que tinham de ir ao local imediatamente, que o irmão ainda poderia estar vivo, que precisavam averiguar, que não podiam abandoná-lo daquela maneira. Mas o homem permaneceu indiferente, até que a mulher pegou a capa de chuva e as chaves, indagando ao administrador o lugar exato do acidente. Só nesse momento Naldo se dirigiu a ela, colérico, proibindo-a de sair em socorro do cunhado. Mas Irene nem se dignou a responder, partindo num rompante.

Derrapando na estrada de terra molhada e pouco enxergando através do temporal, levou cerca de meia hora para chegar ao local indicado. Vislumbrou, de cima, o automóvel parcialmente mergulhado no remanso. Não havia como seguir de carro, parte da estrada fora obstruída por um desbarrancamento. Desceu com dificuldade sob a forte chuva. Não tinha o físico atlético, por isso escorregou e caiu várias vezes, mas não desistiu. Com muito esforço chegou à margem do rio, momento em que avistou a caminhonete do marido estacionada no alto.

Entrou na água gelada, aproximou-se do carro e deparou com o corpo preso nas ferragens, o rosto ensanguentado pelo que pareceu ser uma forte pancada na cabeça. Através do vidro quebrado, procurou a carótida, nenhum sinal. Buscou o pulso, mas nada, nenhuma centelha de vida. Desatou a chorar, esgotada pela constatação e pelo esforço. Apenas nesse momento percebeu a proximidade de Naldo, que a observava com aquele olhar característico, misto de raiva e deboche que estampava na face durante as costumeiras brigas do casal.

Gritou com a mulher, acusando-a de se desesperar pela morte do amante. Não havia mais como negar, amava o cunhado, verdadeiro pai de sua filha. Deitara-se com ele na sua própria casa, há muito desconfiava. Era uma vagabunda, maldita a hora em que se casara com ela, a grande culpada por todas as desgraças que se abateram sobre ele. Amaldiçoou-a e também a criança, pequena bastarda que dormia no berço ao seu lado.

Ciente do risco que corria naquele local ermo com o marido ensandecido, Irene tentou acalmá-lo. Não era nada disso, estava delirando, era uma questão de humanidade, amava Max como um irmão. Era o seu irmão mais novo que jazia ali, seu sangue, tivesse um mínimo de respeito e misericórdia. Mas de nada adiantaram suas súplicas, porque o homem alucinado só ouvia os ecos pútridos de sua mente doentia.

Saltou como um felino no pescoço da mulher e se jogou com ela na água rasa. Afundou seu corpo frágil, que resistia e tentava conter os braços que a imobilizavam. Lutando desesperadamente, ela ainda conseguiu emergir por três vezes, mas ele a afundou e a manteve submersa até que, vencida, não mais se moveu. Naldo se ergueu devagar, enxugou a água do rosto e começou a se afastar na direção da estrada. Virou e tornou a olhar o corpo inerte apenas para ironizar, em voz alta, que os dois estavam juntos para sempre. Entrou no carro, deu a volta e tomou a direção da sede. Durante o trajeto, transferiu o revólver do porta-luvas para o bolso do casaco.

15

Sozinha no quarto de hóspedes, cuja janela se descortinava para o bem cuidado jardim, Heloísa pensava em Anderson e nas dificuldades de uma relação nascida em situações extremas. Era verdade que, antes da tragédia, já existia um interesse mútuo, mas o episódio estreitou o vínculo e precipitou as coisas.

Lembrava-se com carinho do namorico de infância com Eduardo. Todo o vilarejo acreditava que aquilo acabaria em casamento, que se complementavam, o menino sereno e a garota aguerrida. Ele, a mãe da paciência (já tinha aquela postura de padre, como ninguém percebeu?); ela, incisiva como um estilete, sempre disposta a se meter numa briga, ainda mais para defender o irmão. Quem poderia imaginar que sua cara-metade se revelaria o soturno herdeiro dos Cardoso?

Agora estavam de volta àquelas terras, fadados ao enfrentamento com uma estranha manifestação do mal. O quarto do rapaz continuava sendo o terceiro do corredor, e ela se perguntou se já não era hora de deixar de lado as convenções e os arroubos de dignidade. Afinal, não havia dúvida sobre o sentimento que nutriam um pelo outro. Não fora a falta de amor o motivo do afastamento, mas, sim, a resistência de Anderson ao modelo convencional de família e à paternidade. Por mais que ela compreendesse as razões, tinha uma visão oposta da vida familiar e uma enorme preocupação com o relógio biológico.

Reza a lenda que a incerteza sobre a vida e a morte faz dos combatentes amantes inigualáveis. E Helô se sentia um soldado naquela noite. Levantou-se de um pulo e se dirigiu ao quarto de Anderson, entrando sem bater. Ele estava acordado e, embora surpreendido pelo ingresso repentino da moça, aguardava em seu íntimo por isso. A presença dela, os cabelos castanhos ligeiramente enrolados, a camiseta, a calça de moletom, tudo remetia a uma paz e uma intimidade muito bem-vindas naquela noite tensa. Ela se enfiou sob a coberta macia e sentiu o calor do corpo que abraçou. Ele acariciou seu rosto e cheirou seus cabelos, tinha saudade daquele aroma. Não trocaram palavra alguma, não havia necessidade.

Depois de fazerem amor, permaneceram abraçados na cama, o olhar perdido na direção do teto. Foi Anderson quem começou a falar.

— Acho que não é o momento ideal, mas quero repensar esse nosso afastamento, Helô. Dois anos se passaram, e não houve um só dia em que eu não imaginasse você do meu lado. Sei que sente o mesmo, não tente negar.

— Não vou negar nada. Mas concordo, essa não é a melhor hora. Você está cansado de saber que as decisões amorosas, tomadas em momentos de crise, não trazem os melhores resultados. A capacidade de julgamento fica reduzida, dominada pelas emoções.

— E isso não é bom? Deixe de ser careta, Helô!

— Olha quem fala, o Sr. Vanguarda! E não se faça de tonto. Se eu fosse tão careta, não estaria aqui.

Riram e se amaram mais uma vez, voltando a ficar abraçados em silêncio. Ela observou o rosto de repente sério e brincou:

— O que houve? Depressão pós-sexo?

— Tá brincando? Nada disso. Estou mesmo recordando aquela noite. Não posso evitar, diante das circunstâncias.

— Algum momento em especial?

— Fico pensando em como sou grato ao seu irmão e a Deus por tê-lo presenteado com o dom. Ele era tão jovem quando tudo aconteceu, nem sabia interpretar as sensações que o dominavam.

— Até hoje isso é difícil para ele, Anderson. Você chama de dom, mas, em alguns momentos, achei que estava mais para maldição.

— Não diga isso, Helô. Se não fosse por ele, você sabe...

— Sei, e por isso já me conformei. Mas não foi fácil vê-lo adoecer por não conseguir separar suas emoções das visões, nem controlar o momento ou a intensidade da coisa. Como naquela vez em que fomos visitar o bebê da nossa tia e ele, ao se aproximar do berço, teve uma forte dor no peito, seguida de tonturas e vômitos. Corremos para o hospital, onde os exames não apontaram a causa. Uma semana depois, a criança foi diagnosticada com um sério problema cardíaco e submetida a uma cirurgia de alto risco, felizmente bem-sucedida.

— Compreendo suas preocupações, mas não posso deixar de agradecer. Veja bem, na noite do aniversário do Duda (ainda o chamávamos assim) programamos uma festa do pijama. Eu só retornaria para casa na manhã seguinte, pode imaginar?

— Nem quero...

— Mas eu preciso. Porque, depois disso, eu me tornei muito mais receptivo ao que poderíamos chamar de, digamos, sinais. Felipe estava estranho desde o início da festa, mas não sabia o motivo. A sensação foi piorando, ele começou a se sentir mal e a vislumbrar flashes do rio, do remanso e da estrada, conforme descreveu depois. Mas tudo era nebuloso, demorou para entender que as cenas eram da fazenda. Foi tão forte, mas tão forte, que num dado momento achei que ele fosse desmaiar. Mesmo assim hesitei. Por descrença ou, não sei, talvez por medo do que estava para enfrentar, embora não soubesse o que era. Mas Felipe insistia que precisávamos sair imediatamente. Foi Eduardo quem tomou a decisão, ele sempre acreditou nas premonições do seu irmão. Acho que, dentro dele, já existia essa fé que viria a se consolidar numa vocação. Ele decidiu, pegou escondido a chave do carro, quase me obrigou a sair. Felipe estava transtornado, mas insistiu, precisava ir também. Quanto a você, percebeu nossa manobra e foi a reboque, é claro. Não deixaria seu irmão sozinho naquela furada.

– E olha que eu nem imaginava o tamanho da furada!

– No caminho as visões ficaram mais claras e o foco mudou. Já não se tratava da estrada e do rio, mas sim da casa e da Ju. Felipe se desesperou, não sabia ao certo o que estava acontecendo, mas sabia que era grave e que precisávamos correr. E assim o fizemos naquela noite de chuva torrencial, eu de copiloto e Eduardo mal enxergando as curvas da estrada. Por sorte dirigia muito bem, treinado pelo pai apesar da pouca idade, era prática comum por essas bandas. E depois foi o caos...

Mas Heloísa não queria ouvir mais nada. Desejava apenas descansar nos braços de seu amado, pois o futuro era uma incógnita, com suas noites pálidas e sussurrantes.

16

Naldo entrou na casa aparentando uma estranha calma. Atravessou a sala de visitas, subiu as escadas e deu de cara com Dinorá, como uma sentinela a postos no corredor. Assumira os cuidados com a criança assim que a mãe se ausentara. Encarou o homem encharcado e seus olhos espertos constataram, de imediato, que a criatura postada à sua frente não era a mesma que havia partido. Ao sofrimento pela notícia do acidente de Max somou-se a preocupação com Irene. Ignorava que o pior ainda estava por vir, mas não tardaria a identificar as reais intenções do patrão, que a empurrou e se dirigiu ao quarto da menina.

Contudo, a governanta de meia-idade pertencia àquela categoria de trabalhador cujo respeito pela hierarquia era mera formalidade, condicionada à ausência de contrariedade aos seus valores. Pressentiu o perigo e não pensou duas vezes. Não perderia um minuto sequer indagando o pai sobre o motivo de sua presença naquele quarto que nunca visitava, sequer para um beijo de boa-noite. Partiu com determinação na direção do homem que, tomado pela surpresa, ainda titubeou, para logo em seguida desferir um murro que a arremessou desmaiada sobre a cômoda de mogno.

Parou ao lado do berço, olhando a menina que chorava, despertada pelo forte ruído. Permaneceu alguns minutos observando, em busca de algum indício que não obteve porque apenas Irene, unicamente ela, surgia retratada naquele rosto infantil. E então o ódio que durante anos alimentara pela mulher convolou-se no ódio pela criança. Tirou a arma do bolso do casaco. Mirou, respirou fundo, cerrou os olhos por um instante e, ao abri-los para efetuar o disparo, deparou com o filho.

Um turbilhão de emoções perpassou sua mente conturbada. Anderson, seu primogênito. O que nascera num mundo ainda cercado de alegria e fartura. O que representava o futuro do seu nome. Porque essa categoria de perversidade, da qual José Ronaldo era signatário, só poupa da sanha destrutiva quem é do seu sangue. Se nada lhe havia restado, nem amor, nem respeito, nem fortuna, o que mais importava?

Da porta, Felipe gritou alertando que o pai iria matá-lo. Numa espécie de premonição, ouvira claramente os disparos e vira o sangue derramado, primeiro do corpo do amigo, depois da irmãzinha. E, sem qualquer acordo prévio, os três se lançaram como pássaros em bando sobre o homem que, na posição em que se encontrava, não podia vê-los no corredor.

Num átimo, eram quatro jovens magros sobre ele, segurando seus braços, socando-o, arranhando-o, mordendo-o, no esforço de contê-lo e de lhe arrancar a arma. Era um homem robusto, mas nada justificava a força descomunal que ostentou no confronto que se estenderia por longos minutos, até o primeiro disparo atingir o ombro de Edu e jogá-lo ao chão. Anderson se atracou com o pai num corpo a corpo feroz, respaldado pelos dois amigos restantes, três miúdos contra um gigante numa confusão de troncos e braços e pernas e dentes quando um segundo estampido se fez ouvir, paralisando a cena como num filme de ação. O sangue brotou do tórax de Naldo, que arregalou os olhos, parecendo duvidar da mancha vermelha na camisa azul-clara e do revólver na mão do filho. Cambaleou para o corredor sob a mira nervosa. Desceu as escadas tropeçando, atravessou o jardim na direção da mata e adentrou o negrume da noite.

17

A madrugada transcorreu sem maiores surpresas. A presença dos amigos pareceu acalmar Juliana que, apesar do sono agitado, não gritou nem foi acometida por crises de sonambulismo. Pela manhã, o cheiro do café moído na fazenda e do pão preparado na hora inundou os quartos e acordou os hóspedes, que se reuniram na grande mesa da copa.

Após o desjejum, Eduardo e Anderson foram até a delegacia em busca de notícias sobre o desaparecimento recente. O delegado Márcio Fonseca, designado para o caso, era um homem moreno e atlético, aparentando uns quarenta anos de idade. Recebeu-os com cordialidade e dispensou a Eduardo um tratamento quase reverente, visivelmente curioso com sua presença e com seu interesse na história.

Católico praticante, trazia no peito um crucifixo de ouro cravejado em ônix e tinha ciência de que o jovem padre possuía habilidades raras e muito específicas.

Os dois amigos foram informados de que as buscas, suspensas devido ao mau tempo dos dias anteriores, seriam reiniciadas. Embora nenhum deles o expressasse, estavam cientes de que, decorridas duas semanas, era remota a possibilidade de encontrarem a garota com vida. Escutaram, com paciência, as queixas do policial em relação ao clima, parecia um personagem de gibi com a nuvenzinha pairando sobre a sua cabeça.

O delegado demonstrou especial preocupação com a histeria que se disseminava na comunidade. Enquanto alguns atribuíam o crime a um assassino serial, outros responsabilizavam um espírito vingativo que habitava as matas da região. Sem falar numa corrente minoritária que elucubrava hipóteses de abdução alienígena. Sim, porque aquele vilarejo, como se não bastasse, também era famoso pelas repetidas aparições de objetos voadores não identificados. O resultado dessa mistura caótica de suposições e crendices era uma torrente de alarmes falsos e denúncias absurdas que só fazia atravancar e atrasar as investigações. Por motivos óbvios, ele estava tenso, temendo ter sido arremessado numa espiral interminável de mistérios não elucidados. Sentia já uma ponta de saudade do calor e do trabalho na sede do município, onde proliferavam os crimes contra o patrimônio e o tráfico de entorpecentes, tudo muito real.

Márcio Fonseca preferiu não comentar, mas o detalhe que mais o intrigava no episódio era a morte da mãe. A causa atestada no laudo médico era o infarto agudo do miocárdio. Mas a jovem mãe, de apenas vinte e oito anos, nunca apresentara qualquer problema de saúde, muito menos uma improvável doença coronariana. O marido não se conformava, compreensivelmente. A poderosa família Mendonça, empregadora do casal, pressionava por uma investigação célere e efetiva, preocupada com a má repercussão do fato em seus negócios. Mas o pior eram os boatos no sentido de que o coração da pobre moça fora "retorcido" por uma mão invisível e demoníaca. E agora ele estava ali, discorrendo sobre o caso com o herdeiro maldito e o padre exorcista. Francamente!

18

O corpo de Irene foi retirado do remanso pela força policial naquela manhã, enquanto o de Maximiliano, preso nas ferragens, só na parte da tarde foi liberado.

Eduardo foi submetido a uma cirurgia para a retirada do projétil alocado em seu ombro esquerdo. Felipe e Heloísa, após prestarem depoimento, aguardaram a alta médica do companheiro, que saiu do hospital mais compenetrado do que já era. Anderson demandou tratamento médico e psiquiátrico, chegando a ser internado por força de uma severa crise nervosa.

Dinorá assumiu os cuidados com a pequena Juliana, agora órfã, ao menos de mãe. Porque José Ronaldo desaparecera sem deixar vestígios. Os rastros de sangue, visíveis na casa e no terreno, sumiam na entrada da mata, razão pela qual a polícia apostou na hipótese de que algum amigo ou empregado o tivesse socorrido e levado dali. Foi aventada a possibilidade de fuga num avião particular e, embora tudo não passasse de especulação, os agentes trabalhavam com a teoria de que Naldo, graças aos seus poderosos contatos, fugira do país.

Ainda assim as investigações se estenderam por longas semanas, durante as quais foram inquiridos todos os empregados, além dos ricos amigos da família; e não foi difícil obter colaboração, até mesmo destes. Porque, se o feminicídio não representava exatamente uma novidade na região, não era todo dia que um criminoso emendava, ao cruel assassinato da esposa, a tentativa de tirar a vida de um bebê. Apesar dos rumores maldosos no sentido de que Irene se envolvera com o cunhado, foi grande a comoção que se seguiu à tragédia.

O esforço policial não foi capaz de identificar o paradeiro do assassino, mas acrescentou um dado chocante à conturbada trajetória dos Cardoso. Quando as inquirições já se encerravam, um dos funcionários da fazenda, meio a contragosto e um tanto temeroso, acabou revelando que seu filho vira o patrão debruçado sobre o motor do carro do irmão no dia dos fatos. O garoto confirmou a informação e foi assim que se constatou, no bojo da investigação e para espanto geral, a prática do fratricídio. O irmão mais velho dera cabo da vida do caçula, premeditando o horrendo crime por ciúme, cobiça, vingança, ou todas essas motivações em conjunto. A reputação de José Ronaldo já fazia jus ao seu ego!

A imprensa se agitava a cada nova revelação. No decorrer de semanas, a pequena comunidade, alçada a estrela do noticiário nacional, conviveu de forma intensa e desenvolta com microfones, luzes e câmeras. Mas sempre chega o momento em que o interesse se esgota e se direciona para outros eventos, outros escândalos, outros crimes: a garota que matou a família com a ajuda do namorado, a menina assassinada pelo pai e pela madrasta, a criança esquecida dentro do carro sob o sol. E então a rotina diária se restabelece, ou finge se impor, para permitir que a vida siga seu curso normal, seja ele qual for.

Aparentemente recuperado dos graves traumas, Anderson recebeu alta médica e retornou a casa, passando a cuidar da irmã com o apoio de Dinorá. Emancipado, aprendeu aos poucos a administrar a propriedade e a lidar com as finanças. Vendeu o valioso apartamento da capital e, após um período de enorme dificuldade, renegociou as dívidas, contratou novos parceiros, incrementou a produção e começou a recuperar a fazenda. Mostrou-se, para surpresa geral, um administrador muito mais competente que o pai, além de inovador nas questões ambientais e justo nas relações de trabalho. Suas terras, se não ostentavam a riqueza e a glória de antes, exibiam o verde da mata ciliar preservada e das áreas reflorestadas. Envolvia-se diretamente na lida e seus empregados, apesar de sacrificados pelo duro trabalho no campo, retribuíam com lealdade o tratamento respeitoso dispensado pelo "patrãozinho".

Nesse período já se alastravam, no distrito e nos arredores, relatos de aparições envolvendo um vulto masculino deformado e alto na beira do remanso, ao longo do rio ou na estrada que o margeava. Viam-no de relance, identificando a forma grotesca, magra e retorcida. Os que ousaram chegar um pouco mais perto contaram que seu tórax exalava um vapor denso, dando origem a uma bruma escura que o envolvia por completo. De seu rosto saltavam veias negras, e seus olhos semiabertos eram medonhos e inexpressivos. Tais eventos se entrelaçariam, para horror da comunidade, ao reiterado desaparecimento de crianças do sexo feminino.

O primeiro caso, ocorrido às vésperas do aniversário de cinco anos de Juliana, envolveu um casal de irmãos da Fazenda Cardoso. Gustavo e Mariana, contando, respectivamente, dez e três anos, brincavam à tardinha nos fundos da casa. No breve instante em que o irmão se afastou para pegar um brinquedo, a menina desapareceu sem deixar vestígios. Depois se soube que uma senhora, enquanto recolhia as roupas na beira do rio, teria avistado o tal personagem inumano na mata. O garoto, que se tornaria amigo e protetor de Juliana, jamais se perdoaria pelo sumiço da irmã.

O segundo caso, um mês antes de Juliana completar dez anos, aconteceu próximo ao distrito. O avô, que pescava à noitinha com a neta, foi até o rio ajeitar o anzol, deixando a criança na margem perto da mata. De onde estava pôde ver o vulto deslizando entre as árvores e correu, o mais rápido que pôde, na direção da menina. Para seu desespero, não mais a encontrou, nem qualquer sinal dela, nem grito, nem choro; apenas o balde tombado e os peixes se debatendo nas pedras. Nas noites que se seguiram a esse episódio, aparições foram reportadas nas cercanias da Cardoso, como se aquela criatura estivesse chegando ao seu destino. Ganidos e gemidos encheram o ar e apavoraram os habitantes das fazendas e do vilarejo.

O terceiro desaparecimento foi o que vitimou, além da garotinha Isabela, sua jovem mãe, e mais uma vez os ruídos e odores desnortearam a população.

Muito se discutiu sobre a ação de um abusador e assassino contumaz, mas os corpos jamais foram localizados para confirmar essa tese. Suspeitos foram apontados e depois descartados por ausência de provas. Um andarilho chegou a ser detido, mas foi liberado no decorrer das investigações. A polícia tateava às cegas, inclusive quanto ao nexo que ligava os crimes, muito espaçados no tempo. Apenas os quatro amigos, céticos quanto às conclusões do inquérito em relação ao destino de Naldo, acreditavam saber do que, na realidade, se tratava.

SEGUNDA PARTE

ONDE IMPERA O PRESENTE,
EXCETO NAS MEMÓRIAS

1

As equipes de busca reuniram-se na frente da delegacia de polícia. Receberam as orientações e seguiram de carro até o mirante sudoeste, onde a trilha facilitava o ingresso numa parte fechada e pouco explorada da floresta. Dividiram-se em cinco grupos liderados por guias experientes, dois desses grupos levando um casal de cães farejadores da raça pastor-alemão.

Heloísa e Anderson seguiram com uma equipe, enquanto Felipe e Diogo integraram outra, o último porque insistiu em ir junto com o companheiro, apesar de desconhecer a região. Eduardo seguiu nesse mesmo grupo com mais duas pessoas. Juliana insistira em participar, mas fora desencorajada por todos; seria uma exposição desnecessária ao perigo.

Dentro da mata as equipes se dispersaram, mas não se distanciaram demais. Estranharam o silêncio incomum num dia ensolarado depois de fortes chuvas. Poucos pássaros arriscaram um assovio, os curiosos saguis não apareceram, nem os caxinguelês deram as caras.

Caminhavam devagar pela trilha ascendente, enlameada pelos temporais. Os cachorros farejavam avidamente, as equipes se esforçando para acompanhá-los no terreno escorregadio. Cerca de uma hora após o início da caminhada, a fêmea encontrou, preso num galho baixo de árvore, um retalho de tecido florido. A outra equipe se aproximou e, no breve momento de distração para o recolhimento da prova, o macho se agitou e disparou na direção do rio. O grupo observou apreensivo, mas o policial parrudo que o guiava garantiu que ele retornaria, pois era bem treinado. Chamou, apitou e nada.

– Cirus! Cirus! Volte já aqui! Onde você se meteu? – Berrava o homem, um tanto nervoso. Era o guardião do bicho e, como tal, muito apegado a ele. Aquele era um comportamento anômalo para um cão policial.

Silêncio total, não se ouviam nem mesmo os piados esparsos das aves. Depois de cinco minutos, o policial parrudo e o outro jovem que guiava a fêmea decidiram buscar o fujão. Os demais componentes das equipes os seguiram, com Diogo segurando na coleira a cadela agitada pelo tumulto. Escutaram latidos fortes, depois mais fracos, acompanhados de ganidos estridentes. Adentraram uma clareira iluminada pelo sol e coberta de flores, contrastando com o ambiente sombrio da mata densa. E, apesar da beleza do lugar, não foi com uma cena bucólica que se depararam. Bem no centro da paisagem de sonho, uma exibição dantesca aguardava os aplausos da seleta plateia. Era uma espécie de berço macabro, fabricado com galhos secos de árvores e trançado em cipó. Pendurado sobre ele, um móbile bizarro no qual balançavam, ao sabor do vento, as carcaças ressequidas de pequenos animais silvestres.

Dentro do cesto jazia um corpo infantil. Estacaram atônitos, sem coragem para prosseguir. Recuperado do impacto, o policial se aproximou à procura de sinais vitais no pequeno corpo. Em seguida soprou o apito para convocar as demais equipes, que logo se uniram a eles. Sob a liderança do delegado, deram início aos cuidados para a preservação da cena. Qualquer detalhe poderia guardar algum significado, nada deveria ser retirado do lugar.

A comoção foi geral. Alguns não contiveram o choro no momento em que o delegado confirmou o que o policial já havia constatado: a criança estava morta. Eduardo fez o sinal da cruz e orou em silêncio. Um grupo de homens e mulheres se juntou a ele. Diogo viu o rosto transtornado de Felipe e quis saber se ele estava passando mal.

— Tem algo errado aqui!

— É claro que tem! Uma criança assassinada!

— Não é disso que estou falando. Alguma coisa não se encaixa! Não é ela!

A força policial do município foi acionada e os peritos, convocados. Enquanto aguardavam, observando a cena e buscando pistas, uma declaração do delegado surpreendeu o grupo.

– Esta criança é pequena demais, não pode ser a garota desaparecida.

– O que o senhor está dizendo? – Indagou o policial, visivelmente alterado.

– Exatamente o que você ouviu. O corpo parece o de uma criança de três ou quatro anos. A que procuramos tem sete.

Vários pares de olhos arregalados se voltaram para ele e, em seguida, para o cesto.

2

O cão foi resgatado sem ferimentos físicos, mas em choque. Precisou ser levado ao veterinário que atendia na corporação. Retornaria depois aos treinadores para ser avaliado e, conforme o resultado, reinserido no sistema ou encaminhado para adoção.

Na delegacia, o pai da menina desaparecida recebeu, com alívio, a notícia de que a criança encontrada não era a sua. Já havia perdido a esposa e, ainda que ciente das perspectivas pouco promissoras (inclusive porque reconheceu o retalho do vestido), mantinha acesa a esperança de encontrar a filha viva.

O corpo foi encaminhado ao Instituto Médico Legal para realização da autópsia e dos procedimentos necessários à identificação. Os investigadores estavam cada vez mais convencidos de que lidavam com um assassino serial em atuação há anos, que agora decidira aprimorar seu jogo doentio. Cabisbaixos, os membros das equipes de busca retornaram aos seus lares, frustrados pelo fracasso na localização da garotinha e intrigados com o misterioso cadáver infantil.

Sentiam-se todos manipulados e inseridos, à força, num teatro perigoso e cruel.

Os cinco amigos retornaram à Fazenda Cardoso e narraram os fatos para Juliana e Dinorá, aguçando a curiosidade juvenil da menina e a inquietação da mulher. Eduardo foi o primeiro a se manifestar:

— Não dá para entender. Se o corpo não é o da criança sumida há duas semanas, de quem pode ser? O delegado me garantiu que nenhum outro desaparecimento foi reportado na região, não nos últimos cinco anos.

Após um breve silêncio, foi Heloísa quem respondeu:

— Bom, acho que agora teremos que aguardar o resultado dos exames periciais. E não deve ser rápido, apesar da urgência e da pressão da opinião pública. Amanhã mesmo o caso vai estampar a mídia nacional, aguardem! Crimes violentos envolvendo crianças dão muita audiência. Mas vocês sabem como é, os recursos da polícia judiciária são limitados, a coisa não funciona como nas séries americanas de tevê. E a tendência é piorar, com a escassez de verbas no serviço público.

— Ih, pronto! Tia Helô vai aproveitar o momento para fazer discurso político! — Interveio Juliana.

Todos riram, mas durou pouco o momento de descontração diante da fala de Felipe.

— Não é preciso esperar a conclusão da perícia. Sei de quem é o corpo.

Todas as atenções se voltaram para ele.

— É a pequena Mariana, irmã do Gustavo.

— Como assim, Felipe? — Anderson se exasperou. — Mariana desapareceu há dez anos!

Eduardo, intrigado, também questionou o amigo:

— Como poderia ser Mariana, Felipe? Aquele corpo infantil e preservado, passados tantos anos? Se por um milagre ela ainda estivesse viva, seria quase uma moça; e morta, como presumido, estaria reduzida a ossos e cinzas.

Felipe encarou o amigo com o rosto cansado.

— Não sei explicar, mas sei que é ela. Tenho certeza, não me perguntem como.

Enquanto Diogo encarava o parceiro sem compreender, os três amigos se entreolharam e assentiram com a cabeça. Conheciam os poderes de Felipe, não duvidariam de suas palavras. Anderson tomou logo a decisão.

— Vou avisar ao Gustavo. Nem posso imaginar como ele vai reagir.

3

Heloísa e Anderson trocavam impressões enquanto aguardavam, na rodoviária, a chegada do ônibus de Gustavo.

— Como ele está reagindo à notícia? — Indagou Helô.

— Eu diria que só não ficou mais transtornado porque está um tanto cético. Passou grande parte da vida procurando a irmã e se culpando pelo que aconteceu. Uma revelação dessas deve ter mexido muito com ele.

O ônibus encostou e duas senhorinhas desceram. Depois delas o jovem, de rosto moreno e estranho, também desceu e veio na direção do casal. Abraçou os dois ao mesmo tempo, o corpo esguio um tanto desengonçado, os olhos escuros marcados pela dor.

Helô reparou no carinho com que Anderson passava a mão na cabeça do rapaz, que acolhera e protegera desde a tragédia que se abateu sobre a família de colonos.

— Como ficou combinado o esquema das provas? — Anderson quis saber.

— Faltam só duas avaliações. Pedi para fazer na segunda chamada, acho que não vai ter problema.

— Ainda bem! Não quero ver seus estudos prejudicados. Tudo está ainda na fase de investigação, não temos certeza de nada.

Chegaram à fazenda um pouco antes do jantar. Juliana aguardava na rede com o pinscher preto enrolado no colo. Seu rosto se iluminou ao ver o amigo e ela correu para abraçá-lo. O cãozinho Guilo (nascido Zeroquilo), confirmando o perfil de guarda da minúscula e invocada raça, latia nervosamente e tentava abocanhar canelas enquanto saltitava em torno do grupo.

Anderson observava a cena com afeto, mas também com apreensão. Amava Gustavo como um irmão, mas mantinha reservas quanto ao vínculo estabelecido entre ele e Juliana. Transformara-se numa espécie de escudeiro e protetor, como se tivesse transferido as funções de irmão mais velho antes destinadas a Mariana. Mas, com o passar dos anos, percebeu esse laço se converter num sentimento menos fraterno, podendo hoje afirmar, quase com certeza, que Gustavo era apaixonado por ela. Não que fosse contrário a um eventual relacionamento entre os dois; apenas achava que a irmã era nova demais. Além disso, não lhe agradava a ideia de um amor nascido da fatalidade e muito menos a hipótese de que estivessem destinados um ao outro, o que, na sua concepção, afrontava a liberdade de escolha.

Com todos reunidos à mesa de jantar, as conversas giraram em torno de amenidades. Não era necessário tornar mais árida a estada do jovem, que, após um semestre de comida a quilo, devorava com apetite voraz o lombo e a batata *sauté* preparados com esmero por Dinorá. Terminada a ceia, Juliana e Gustavo sentaram na namoradeira da varanda, e ela quis saber como ele se sentia.

— O que posso dizer, Ju? Você sabe o quanto procurei por ela e o quanto tive esperança de encontrá-la viva. Mas tantos anos se passaram... Sei lá. A verdade é que algumas vezes torci por isso, para poder pôr um fim nesse sofrimento. Saber o que aconteceu com Mariana seria melhor do que permanecer na ignorância. Dizem que um filho desaparecido é pior que um filho morto, e sou obrigado a concordar. Nem ao menos tivemos direito ao luto, e sem isso fica difícil superar a perda. Então, se for mesmo a Mariana, talvez seja uma chance de recomeço para a nossa família.

— Entendo suas razões, Gustavo. Acho mesmo que seria melhor saber logo o que aconteceu. Até porque, depois de quase dez anos, seria um verdadeiro milagre ela ainda estar viva. Mas me preocupa a maneira como o corpo foi encontrado. O significado de todo esse teatro, essa exibição horrenda. É a primeira vez que ele se expõe dessa maneira.

Quando se exprimia, demonstrando maturidade e coerência, Juliana parecia ser mais velha. A adversidade, enfrentada desde o berço, desenvolvera nela surpreendentes recursos. Mas, segundo Dinorá, não era só isso. Havia um cerco de proteção em torno da menina, além daquele formado pelos humanos. Um fenômeno afeito a outra dimensão. E a quem duvidasse, a velha retrucava.

— Sei o que estou dizendo, eu estava lá quando ela nasceu.

E mais não dizia, intrigando a todos com suas referências ao misterioso parto. A governanta gostava de lançar esses enigmas no ar, cercavam-na de uma aura de suspense e poder. Juliana costumava afirmar que a velha bruxa levaria esse segredo com ela para o túmulo.

4

Na sede do Instituto Médico Legal, o delegado Márcio conversava com a legista, uma moça de quadris largos e cabelos avermelhados, quando Eduardo se aproximou junto com Gustavo.

— Bom dia! Fomos até a delegacia e nos informaram que o senhor estaria aqui – disse Edu.

— Bom dia! – Respondeu Márcio. – Estou tentando extrair soluções dos amplos conhecimentos da doutora.

— Ainda não faço milagres – brincou a médica.

—Viemos pedir sua autorização para que Gustavo veja o corpo.

— E por que eu faria isso?

— Não temos como explicar, mas suspeitamos que a garotinha possa ser a irmã dele, desaparecida há muitos anos.

O delegado olhou para os dois visitantes, intrigado. Ainda não se acostumara às excentricidades daquele lugarejo e a cada dia se surpreendia com uma nova revelação.

— E como isso seria possível, se o corpo está intacto?

—Vou responder com outra pergunta: o senhor tem alguma ideia de quem seja?

Márcio encarou, contrariado, o rosto firme do jovem padre, mas não contestou. Qualquer pista seria bem-vinda naquele enigma até então indecifrável.

Na presença dos quatro, o pequeno corpo foi retirado da gaveta e descoberto. Gustavo se manteve firme o quanto pôde, e o tanto que permitia sua pouca idade. Os anos decorridos haviam cicatrizado, apenas em parte, o corte profundo provocado pela perda e pela ignorância a respeito do destino da irmã, agora revelado de forma cruel. Eduardo precisou ampará-lo quando ele saiu da sala gelada.

— É ela! É Mariana! – Garantiu a um atônito Márcio.

Enquanto a médica trazia um copo de água e tentava acalmar o jovem, o delegado chamou Eduardo num canto.

—Você sabe que eu não posso me fiar nesse reconhecimento. Não há lógica alguma nisso, sem mencionar que o rapaz era uma criança quando viu a irmã pela última vez. Vou precisar de um exame de DNA.

– Não vejo problema! Tenho certeza de que Gustavo irá concordar, ele é maior de idade. E os pais ainda moram na fazenda.

– Vou providenciar com a máxima urgência, assim que registrar o procedimento nos autos do inquérito.

De volta à fazenda, Gustavo tomou um calmante natural à base de maracujá, camomila e outras ervas não reveladas, receita secreta de Dinorá. Dormiu durante boa parte da tarde. Depois foi com Juliana à casa de sua família, uma das mais distantes da sede.

Encontrou o pai capinando a pequena horta. Estava sempre mergulhado no trabalho, era sua forma de abstrair os pensamentos e tocar a vida. Quando não estava na roça, dedicava-se à carpintaria e à confecção de delicadas peças de madeira em formato de animais. Gustavo acreditava que era seu jeito de homenagear a filha, que adorava os bichos.

A mãe fazia crochê, sentada na cadeira de balanço da varanda. Já não era jovem. A perda subtraíra muitos de seus anos e marcara seu semblante com um traço de amargura. Desde a tragédia, desenvolvera reiterados episódios de ausência que pai e filho acompanhavam com preocupação.

A perceptível tristeza daquela família, vitimada pela dor e pela adversidade que assola o cotidiano das populações rurais desamparadas pelo Estado, aterrava Gustavo e exasperava seu mal-estar. Também para escapar disso é que aceitara, ao contrário dos genitores, o apoio emocional e financeiro de Anderson, bem como a posterior oportunidade de cursar Veterinária na melhor universidade pública da capital. O segundo motivo era a sua inquestionável vocação e o terceiro, mas não menos importante, consistia na necessidade de estar perto de Juliana e de protegê-la, como não tivera chance de fazer com a irmã. O destino, irônico, aproximara a família que perdeu a criança da criança que perdeu a família, ambas para o mesmo horror.

Havia chegado o momento de revelar a dolorosa verdade aos sofridos senhor e senhora Santos. Alívio e pesar se debateriam em suas almas ao constatarem, após tantos anos de expectativa, o destino cruel imposto à filha.

A recomendação era de que os dois jovens retornassem ainda durante o dia, mas a missão era árdua e tomou mais tempo do que o esperado.

5

Antes do entardecer, os adultos se reuniram na casa da fazenda. Era o combinado, ninguém ficaria fora durante a noite. Tinham consciência do poder que aquela aliança de forças representava. Mas Juliana e Gustavo não chegavam. Anderson tentou contato pelo celular, mas não obteve sinal.

— Maldita telefonia, nunca se pode contar com ela nessa área, é quase uma zona branca. Aqueles dois já deveriam estar aqui.

— Não se preocupe, Anderson. Vamos ao encontro deles antes que escureça. Deve ser apenas um atraso, vai ver cruzamos com o jeep no caminho.

Edu saiu com Diogo na camionete, tomando a direção do sítio dos Santos. Felipe permaneceu na casa, não se sentia bem desde a descoberta do corpo na clareira.

Na estrada, Gustavo e Juliana desciam do carro para tentar entender o que estava acontecendo com os animais. Já se encontravam bem perto da sede e ainda estava claro, então acreditaram que haveria tempo para ajudar os cães que se arrastavam com as patas traseiras paralisadas, como vítimas de um atropelamento coletivo. Eram quatro vira-latas: um negro, um malhado, dois caramelos, talvez pertencentes às famílias de colonos. Choravam e gemiam como se atingidos por uma dor lancinante. Juliana pediu para Gustavo não chegar perto, aquilo não era normal, mas ele não lhe deu ouvidos. Aproximou-se do cachorro preto e branco, mas não conseguiu tocá-lo, porque este se encolheu e uivou em pânico. Nunca tinha visto algo semelhante, nem conseguia imaginar uma possível causa para tamanho sofrimento. Seu cérebro de veterinário em formação processava as possibilidades: cinomose? displasia? Que doença, que mal repentino atingiria todos ao mesmo tempo e com idêntica intensidade? Juliana cobriu o rosto e chorou, enquanto os pobres animais os cercavam em seu martírio infernal, como se implorando por uma solução derradeira.

Assim como estava, com os olhos cerrados, ela não pôde ver o vulto na beira da mata, no qual o olhar atento de Gustavo agora se fixava; e que, de forma ritmada, movia como um regente funesto os longos braços cujas extremidades se assemelhavam a raízes.

Foi nesse exato momento que Eduardo e Diogo chegaram, freando bruscamente e a tempo de ver Juliana dar passos trôpegos bem na direção da figura espectral. Gustavo gritou para que retornasse, mas ela pareceu não ouvir, talvez devido ao barulho horrível dos animais ou por estar sendo atraída. Numa fração de segundos, Eduardo orientou Diogo e os dois, saltando e desviando da matilha, agarraram Juliana e Gustavo e os empurraram para dentro do jeep estacionado a poucos metros.

Uma névoa densa e gelada envolveu o carro enquanto o odor de rosas mais uma vez impregnou o ar, revelando a armadilha mortal. Já não enxergavam um palmo do lado de fora quando Diogo virou a chave na ignição e deu a partida. Ouviram apenas os gritos e ganidos angustiantes dos animais destroçados sob as rodas pesadas do veículo.

6

Anderson fazia cafuné na cabeça de Juliana enquanto os outros, espalhados nos sofás e nas almofadas da sala, tentavam digerir o episódio da noite anterior.

— Então, Eduardo, ainda resta alguma dúvida? — Perguntou Anderson.

— Não nos aproximamos. Foi tudo muito rápido, o lugar estava escuro e enevoado. Mas as intenções eram claras em relação à Ju. A criatura tentava atraí-la, manipulando e deturpando a realidade. Eu arriscaria afirmar que toda aquela cena com os cães foi uma ilusão cuidadosamente montada, intensa a ponto de enganar todos nós.

— Impossível! — Gustavo entrou na conversa. — Era real demais, quase pude tocá-los. E os ganidos? Todos escutamos! Sentimos a dor e o desespero deles!

— Sim, esse é o efeito. Como numa histeria coletiva.

Os olhos incrédulos do jovem se fixaram no sacerdote, que continuou:

— Quanto à identidade, estou convicto de que é mesmo ele. Na verdade, tive certeza após o desaparecimento da segunda criança, a que pescava com o avô na beira do rio. Foi só ligar os pontos. Mas, de alguma forma, já sabia desde o sumiço de Mariana. Felipe também sabia, à maneira dele.

O amigo concordou com um aceno de cabeça, o rosto transtornado pela preocupação com o companheiro, que não pertencia àquele universo e já fora exposto a uma situação de enfrentamento.

— É verdade. Antes disso, até. Mas a minha percepção das coisas é muito pessoal e confusa. Nem sempre dá para compartilhar.

— Às vezes me cobro, e sei que vocês também, por não termos conseguido evitar esses crimes — Anderson interferiu. — Mas o que poderíamos fazer? Durante anos procuramos os sinais dele na fazenda e nos arredores. Um rastro, um esconderijo... e nada! Não havia como prever onde e quando atacaria, nem como alertar as autoridades. Então, só o que fizemos foi esperar e nos preparar, o que parece pouco diante de tudo o que vem acontecendo. Confesso que, em muitos momentos, me senti impotente!

— Entendo sua frustração, mas não tinha outro jeito. Estamos lidando com algo que está além da nossa compreensão e do nosso alcance, ao menos por ora. Porque ele está se aproximando, e logo saberemos a diferença entre imaginar o horror e confrontá-lo. E quando ele se expuser, quando ele se imiscuir na nossa realidade, o que já está começando a acontecer, creio que estará mais vulnerável. Acredito realmente nisso — Eduardo concluiu.

Heloísa, que até então se segurara, vociferou para uma audiência já habituada àqueles arroubos em tom indignado e professoral:

— É um desgraçado mesmo, um filho da puta da pior espécie, mesmo depois de morto! Sempre atacando mulheres, crianças e animais indefesos. Mas ele não perde por esperar, "os covardes morrem muitas vezes", já dizia o Bardo.

Não houve tempo para comentários. Ouviram uma batida na porta e o delegado entrou na sala, acompanhado por Dinorá.

— Alguém pode me dizer o que está acontecendo aqui? Não pude deixar de escutar. Quem é o covarde a quem ela se referiu? — Fez um gesto na direção de Helô, mas não obteve resposta. — Tenho certeza de que vocês sabem mais do que estão dizendo. Talvez possam me explicar os resultados desses exames que consegui agilizar na capital.

Sacudia, na mão direita, dois papéis com timbres de laboratório.

— É para adivinhar? — Foi Anderson quem perguntou.

— Não sei, vocês podem? — Ironizou o delegado. — Porque, neste lugar, nada mais me espanta.

— O exame confirmou a identidade da criança? — Eduardo interveio.

— Sim, é mesmo a irmã de Gustavo — o policial falou, mudando o tom.

Os rostos se voltaram para o rapaz, que permaneceu imóvel e com os olhos baixos.

— Mas não é só isso — Márcio continuou. — Depois de vários testes, a equipe não conseguiu descobrir a causa da morte, nem explicar o estado de conservação do corpo que parece ter sido mantido num bloco de gelo. Não há qualquer sinal de violência, inclusive sexual. Nenhuma substância química foi identificada no sangue ou nos tecidos. Os peritos nunca viram nada parecido.

— Bem-vindo ao Remanso do Horror, delegado! É esse o nome que o povo da cidade deu ao nosso vilarejo, sabia? E tudo graças à controvertida fama da minha família!

— Veja bem, Sr. Anderson, conheço bem a saga do seu pai. Tinha terminado a faculdade e estava me preparando para o concurso quando tudo aconteceu. Sou nascido nessa região e acompanhei com muito interesse a divulgação do caso pelos jornais, o escândalo da família Cardoso, uma das mais tradicionais do Estado. Mas não vejo relação entre esses fatos perdidos no passado e o que está acontecendo agora.

Fixou o olhar no rosto de Anderson, mas foi Eduardo quem respondeu:

— Pois é, delegado, aí reside o xis da questão. As explicações que o senhor busca de fato existem e são do nosso conhecimento, ao menos em parte. Mas pertencem a outra seara, uma realidade muito distante das investigações criminais de rotina. Por isso eu me pergunto se está preparado para ouvir.

— Padre, sou um homem da igreja. Batizado, crismado e consagrado a Nossa Senhora Aparecida. Venho de uma família de tradição católica, mas confesso que minha profissão me tornou bastante cético em relação aos seres humanos e à influência do sobrenatural sobre eles. Não é o diabo, padre. São as pessoas. São elas que se degeneram e ultrapassam todos os limites aceitáveis, são elas que fazem a travessia por vontade própria. Quando você lida todo o tempo com pais que abusam de filhas, mães que maltratam crianças, maridos que espancam e assassinam esposas, netos que exploram avós... Bom, sua visão de mundo se modifica. E não me refiro apenas às camadas marginalizadas da população. Falo dos que têm trabalho, renda e acesso ao conhecimento; dos que vão à igreja e se acham dignos de salvação.

– Quer dizer que o senhor perdeu a fé?

– Não perdi a fé. Apenas me tornei mais pragmático.

– Bom, é melhor que o senhor abra sua mente, porque o que temos a dizer vai exigir uma boa dose de misticismo. Pois bem, aqui vai: acreditamos que os crimes que há anos vêm apavorando o vilarejo não são obra de um assassino serial, como a polícia e a mídia acreditam. Pelo menos, não no sentido exato da expressão.

Eduardo estacou.

– Sim? Continue. – Os olhos perspicazes do delegado o encaravam.

O padre respirou fundo, como que para tomar fôlego, e disparou:

– Acreditamos que o assassino seja José Ronaldo, o pai de Anderson e Juliana.

Como já era esperado, o policial olhou incrédulo para o clérigo, e depois para todos os presentes, como quem aguarda a sequência de risadas ao término da piada. Mas ninguém riu e ele se voltou novamente para Eduardo.

– Como assim? José Ronaldo foi dado como foragido há quinze anos. As investigações concluíram que ele saiu do país num avião particular.

– Achamos que não. Na verdade, estamos convictos de que a conclusão do inquérito foi equivocada.

— Espere aí, preciso raciocinar. Então vocês estão me dizendo que José Ronaldo Cardoso não fugiu do país. Que ele está por aí, escondido na floresta e matando criancinhas? Louco, talvez?

Os amigos se entreolharam, e desta vez foi Anderson quem respondeu:

— É um pouco mais complicado do que isso...

— Mais complicado?

— Louco não. Ou melhor, louco também. Mas, pior... Morto!

Anderson deu à palavra a ênfase merecida, enquanto a expressão perplexa estampada no rosto do policial descortinava sua opinião a respeito daquele exótico agrupamento de pessoas: bando de lunáticos!

Como que para encerrar aquele momento apoteótico da conversa, o celular de Márcio começou a tocar insistentemente.

— Merda! Dei ordem para me ligarem só em caso de muita urgência!

Dirigiu-se a um canto reservado da sala a fim de atender à chamada da delegacia. Retornou com ar preocupado.

— Outro incêndio. Desta vez no depósito dos Mendonça. É o terceiro em um mês, mesmo com toda essa chuva. Inacreditável! Preciso correr, os bombeiros já foram acionados e os peritos estão a caminho.

Após a partida do delegado, Felipe e Diogo se aproximaram de Eduardo.

— Você acha mesmo que isso foi uma boa ideia? Revelar a verdade para esse homem incrédulo? Você viu a cara dele?

— Creio que sim, Diogo. E ele não é incrédulo, é só um homem endurecido pelo trabalho, pelo contato diário com a maldade humana. Agora será apresentado a um novo tipo de maldade. Quero dizer, novo para ele. Achei a atitude dele perfeitamente normal. Não é fácil sair da zona de conforto, do óbvio; abrir os olhos para outra realidade. Mas ele é um homem de fé, com a vantagem de ser também treinado para o enfrentamento. Então acho que é a combinação perfeita. Vamos precisar de todos os reforços possíveis.

— Se você tem certeza...

— Certeza eu não tenho de nada que diga respeito a essa família e a esse lugar. Mas acredito. Diria que é algo como uma aposta ou uma torcida. Aliás, por falar em aposta, queria dizer que você foi muito corajoso e também muito ágil no episódio dos cães.

— Fazer o quê? Sou pobre, negro e homossexual. Não é uma combinação favorável neste país. Consegui sobreviver na periferia brigando ou correndo, conforme a situação exigia. Nunca tive escolha, não conheci meus pais. Estudei enfermagem a duras penas e somente aqui, com Felipe e sua família amorosa, que agora também é minha, encontrei meu "remanso". Irônico, não? Logo neste lugar tão castigado pelo mal!

Diogo apertou a mão do companheiro, que estava visivelmente comovido com aquela inesperada declaração.

— Acho que nada é totalmente ruim, não é? — Eduardo continuou. — Exceto o Naldo Cardoso, é claro. O bem sempre dá um jeito de se manifestar e equilibrar as forças. Veja o perfil desse delegado que assumiu o caso, seria mera coincidência? Ou a sua presença, um guardião nato, na vida de Felipe e de todos nós, seria obra do acaso? Creio que não. Mas me diga, Diogo, você foi batizado?

— Não. E isso importa?

— Não necessariamente, não estamos lidando com um caso clássico de possessão. Mas não custa garantir. Vou providenciar, se você não se incomodar.

— Não me incomodo. Até porque me considero católico, ainda que poucas vezes tenha ido à missa.

O administrador da fazenda pediu licença para entrar na sala e tirou o chapéu antes de se dirigir a Anderson. Era um hábito antigo que, por demonstrar submissão, o patrão tentava, sem sucesso, suprimir.

— Não encontrei nada no trecho que o senhor falou, procurei em toda a estrada e na beira. Meu filho foi comigo, o moleque tem um olho de águia. Fiz duas vezes o caminho até o sítio dos Santos e também não vi nada de diferente.

— Nenhum cachorro morto ou machucado? Nenhum vestígio de atropelamento, sangue ou vísceras?

— Não, senhor. Nada.

7

Na fazenda dos Mendonça, o fogo se alastrava e ameaçava o curral depois de consumir o armazém quase por completo. Os agricultores tentavam, inutilmente, ajudar os bombeiros carregando baldes e mais baldes de água.

Tinha que ser nesta fazenda, eu mereço!, pensou o delegado, aborrecido.

Aquela família poderosa já vinha pressionando por um desfecho satisfatório no inquérito instaurado para apurar o desaparecimento da filha de seu administrador. Não era bom para o agronegócio ter a propriedade mencionada na mídia, envolvida em crimes bizarros e investigações mal resolvidas. Abalava a credibilidade e assustava os parceiros comerciais, principalmente o mercado externo, bem mais sensível que o nacional. Se os rumores se disseminassem a tal ponto, o prejuízo seria inevitável. E a linguagem do bolso aqueles ruralistas abastados entendiam muito bem, mais do que qualquer outra.

E agora o incêndio que, a prosseguir em seu ritmo alucinado, bem poderia ameaçar a sede. Observava as chamas consumirem tudo ao redor como quem contempla um final melancólico para sua, até então, promissora carreira de policial. Perdido nessas divagações, não percebeu que alguém se aproximava e teve um sobressalto com o toque da mão em seu ombro. Virou-se para ficar cara a cara com Eneida Mendonça.

– Só assim para merecermos a honra de tão nobre visita!

A calça jeans escura, as botas de cano alto, o suéter azul-marinho e o olhar desafiador da viúva o paralisaram por um instante. Era uma mulher atraente de cinquenta e poucos anos, com cabelos tingidos de preto e quadris largos mal disfarçados na vestimenta justa. Reparou na pele bem cuidada e no rosto sem retoques, com rugas esparsas diluídas na maquiagem leve. Respirou fundo antes de responder:

– Ando ocupado com a investigação do desaparecimento da filha do seu funcionário.

A mulher o fitou demoradamente. Tinha sempre a impressão de que ela flertava.

– Venha comigo, delegado. Quero mostrar uma coisa.

– Mas e o fogo?

– E o que mais podemos fazer? Deixe que os bombeiros cuidem disso, meu filho e meu genro estão acompanhando tudo. Além do mais, vai começar a chover.

Márcio Fonseca olhou incrédulo para o céu estrelado e para os relâmpagos irregulares no horizonte distante. Sem opção, seguiu a mulher até o estábulo reservado aos cavalos de raça, onde ela ordenou alguma coisa ao empregado, que buscou um grande saco plástico e depositou no chão diante dos dois.

– O que é isso? – Ele perguntou.

– Prepare o estômago – ela respondeu abrindo o invólucro, cujo conteúdo o homem olhou estarrecido.

– É um cachorro?

– Sim, um dos meus maiores e melhores cães de guarda.

— Ele foi atacado?

— Atacado é pouco. Diria que foi estraçalhado.

— Que animal teria feito isso?

— Essa é a pergunta que estou me fazendo. Já tivemos brigas feias entre os cães. Cheguei a ver ferimentos graves, rasgos no pescoço, coisa mortal mesmo. Mas nunca vi nada assim, um cachorro dilacerado desse jeito. Por isso ainda não o enterramos. Estávamos aguardando o veterinário, que só veio hoje à tarde.

— E o que ele disse?

— Que de forma alguma isso foi obra de outro cachorro. Ele apostou num felino de grande porte, ainda há muitos por aqui. Uma onça-parda foi avistada há algumas noites perto da fazenda.

— Então, menos mal. Mistério esclarecido!

— Talvez, mas não diria tanto. Olhe, delegado, é verdade que aqui as moradias ficam perto demais da mata, e isso não é bom. O ideal é manter uma distância segura para os humanos. Mesmo assim, há mais de dez anos não ouvíamos falar de onças atacando nas fazendas. Ainda mais um cão doméstico, a poucos metros de casa.

— Mas pode acontecer, não é? Deve estar faltando alimento para ela, por isso arriscou chegar perto e o cão a enfrentou.

— Pode ser, mas é, no mínimo, esquisito. Parece que alguma coisa está espantando os animais da mata, fazendo com que se aproximem. Não sei se ouviu falar, mas aumentou muito a incidência de acidentes com cobras. E esses uivos e latidos que não acabam mais? Não temos cachorros-do-mato por aqui, ainda mais em bandos. Já mandei meus homens atrás deles, nas noites em que o barulho parecia vir de muito perto, e nada. Em compensação, os boatos sobre as crianças na floresta só aumentaram nas últimas semanas.

— Que crianças?

— As aparições perto do rio, sempre quando a noite cai. Duas garotinhas, ou um casal, os relatos variam. Sempre juntas, às vezes de mãos dadas. Mas, pelo que consta, ninguém teve coragem de chegar perto. Estão assustados.

– Disso eu não havia sido informado. Acredita em assombração, Sra. Mendonça?

– Que pergunta, delegado! Sou nascida e criada em Remanso! Não acredito em fantasmas, mas que eles existem, existem!

– Já esperava por isso! – Riram, e ela voltou a falar:

– Sabe, até vocês encontrarem aquele corpo na clareira, sempre acreditei que essas crianças pudessem ter sido vítimas de animais. As duas primeiras eram bem pequenas. Já pensou nisso? Como naquele caso da Austrália, um tipo de cachorro selvagem, como era mesmo o nome? Acho que era dingo. Virou filme e tudo! – Ela hesitou, e então continuou: – Teria sido melhor, a meu ver.

– E por que melhor?

– Pode parecer cruel de minha parte, mas seria uma morte rápida, sem tortura, sem estupro. Os animais matam apenas para se alimentar, ao contrário dos homens. Não concorda?

– Não, não concordo. Como vítimas de seres humanos, e enquanto não há corpos, existe sempre a possibilidade de ainda estarem vivas.

– Certas coisas são piores do que a morte.

– Discordo mais uma vez. A morte é o fim, nada pode ser pior. E a perícia não identificou lesões sexuais, deve ter visto nos jornais. Não estamos lidando com essa espécie de predador.

A mulher ficou pensativa e mudou de assunto.

– Se a suçuarana ficar zanzando por aqui, vamos ter que dar um jeito. Sabe disso.

O homem respirou fundo mais uma vez.

– Sra. Mendonça, eu sou um policial. Cuidado com o que vai dizer. O que vocês podem fazer é comunicar aos órgãos competentes, eu mesmo posso cuidar disso.

— Ora, delegado! Não é assim que as pessoas daqui resolvem as coisas!

— Ora digo eu! Essa maneira de vocês resolverem as coisas é, com o perdão do trocadilho, do tempo do onça! Por favor, me poupe de mais esse problema e faça a coisa certa.

— Só porque o senhor pediu com educação. — Ela deu um sorriso irônico e ele, depois de refletir um pouco, disparou:

— Imagino que a senhora foi contemporânea de Naldo Cardoso.

— Nossa! Que mudança de rumo! — Ela reagiu com surpresa, mas respondeu: — Conheci bastante. Era um pedaço de mau caminho, tivemos até um *afair*. — Então piscou e continuou: — O sonho da minha mãe era juntar as famílias e as propriedades, sabe como é. Até porque não existe fazenda como a Cardoso, com tantos recursos e belezas naturais. Ela é única! Acho que todos os fazendeiros daqui têm um olho gordo naquelas terras. Enfim, não deu certo. O Naldinho tinha preferência pelas frágeis e delicadas. Para minha sorte, é claro! Olha só no que deu... — falou com um toque de desdém. A voz, contudo, traiu uma mágoa que não passou despercebida ao delegado.

Os Mendonça, ao contrário dos Cardoso, tinham no matriarcado uma tradição. Aquela já devia ser a quarta geração de mulheres a liderar, com mãos de ferro, o clã e a propriedade mais promissora da região.

O fogo foi enfim controlado, mais por força da chuva providencial do que pelo esforço humano, mas não sem antes provocar um considerável estrago a ser coberto por alguma grande companhia de seguros.

8

Já era noite quando Márcio Fonseca retornou à delegacia onde, acompanhado apenas do plantonista, teve tempo e sossego para elaborar os acontecimentos do dia. Refletiu sobre as revelações do padre e da viúva e reconheceu que, de fato, muitas coisas esquisitas andavam acontecendo naquele lugar, e não era de hoje. Mas a intensidade aumentara bastante nos últimos dias, como num crescente. Como se algo maior se delineasse. Passara boa parte da infância num sítio, ouvindo histórias fantásticas à luz dos lampiões e em volta da cadeira de balanço. Não era cego nem cético, já suspeitava que aquelas perturbações não fossem naturais. Mas atribuí-las a um morto? Isso já era demais, ainda que o defunto em questão fosse o pulha do José Ronaldo Cardoso.

Recostou-se na cadeira de espaldar alto para escutar um pouco de música clássica, isso sempre o acalmava. Cochilou e sonhou que estava perdido na floresta, onde olhos amarelos espreitavam. Ele corria desesperado, mas todas as direções o levavam de volta ao ponto de partida. De repente a paisagem mudava e ele se via dentro de uma caverna, atordoado por uivos lancinantes e de novo cercado por olhos brilhantes desprovidos de corpo. Acordou febril, encharcado de suor.

Juliana também sonhou naquela noite. Um pesadelo recorrente no qual adentrava um espaço pequeno e opressor, que de repente se abria e se ampliava. E então uma presença maligna a paralisava. Tentava fugir, mas as pernas não obedeciam, até que uma bruma negra a envolvia e a sufocava. Acordava numa espécie de caverna, mas já não era ela. Subtraída de si, tornara-se outra pessoa, num outro tempo. Seus gritos despertaram os moradores e os hóspedes da casa. Dinorá foi a primeira a entrar no quarto, encontrando-a engasgada e chorando. Sacudiu-a pelos ombros até arrancá-la daquele torpor.

Naquela manhã, a fim de proporcionar algumas horas de distração à menina, o irmão decidiu levá-la junto com eles à cidade. Helô estava no limite do prazo para entregar os diários de classe e Dinorá precisava de mantimentos para atender à demanda dos hóspedes.

Cumpridos os compromissos, passearam pela grande avenida arborizada e entraram numa simpática cafeteria, onde Juliana encontrou um colega de escola que acenou, sorriu e grudou os olhos nela. Então Helô notou o gesto da mãe, que segurou o garoto pelo braço, cochichou em seu ouvido e o levou para fora. Se os demais perceberam, não demonstraram, mas a moça teve que se conter para não perder a linha. Lançou mão da respiração treinada na ioga, mas não adiantou. Trouxe à mente os conselhos de Eduardo para que relevasse, era uma cidade pequena com pessoas simples. Mas ela discordava. Não atribuía aquelas atitudes à ingenuidade ou à ignorância, mas sim a uma maledicência arraigada que não encontrava equiparação em nenhum outro lugar do planeta. Anderson era adulto e sabia se defender, mas quando essas atitudes atingiam Juliana, a vontade de Helô era mesmo partir para cima, como na época da escola com o irmão. No entanto, já não era possível, tornara-se uma adulta respeitável. Sem mencionar que, nos dias de hoje, qualquer desavença desaguava em processo judicial, sabia bem disso como professora. O sangue ferveu, mas ela engoliu em seco e fez cara de paisagem. *Que inferno esse negócio da maldição dos Cardoso!*, praguejou em seu íntimo. Nessas horas ponderava se a menina tinha mesmo dificuldade para se relacionar ou apenas refletia a hostilidade do ambiente que a rodeava.

Perto do estacionamento, através da grade de uma bonita residência, dois enormes cachorros da raça rottweiler latiram e avançaram ferozmente em direção ao casal que passava na calçada, mas se encolheram e choramingaram como filhotes diante da mulher e da garota que vinham logo atrás. Anderson observou, sem entender, a curiosa reação dos bichos. O celular de Heloísa chamou em seguida. Era Felipe, perguntando se estava tudo bem e a que horas retornariam. Sua voz denotava preocupação, com eles e com o companheiro que se aventurava num solitário passeio pela fazenda.

Passaram pelo distrito ao entardecer, a tempo de se deslumbrar com o mosaico desenhado pelo sol sobre as águas e as casas, tingindo o lugarejo de escarlate e valorizando a atmosfera lúgubre que era sua marca registrada. Ao contornar a terceira curva da estrada estreita que levava à fazenda, Anderson freou tão bruscamente que projetou Heloísa para a frente, acordando as duas no banco de trás.

– Vocês não viram? – Indagou Anderson.

– Não vimos o quê? – Heloísa interpelou.

– O garotinho agachado na estrada!

As três arregalaram os olhos e responderam negativamente.

– Vou descer, me esperem no carro – Anderson falou.

– Nem pensar! Vou com você! – Disse Heloísa.

Encostaram, mantiveram os faróis acesos e desceram os dois. Caminharam cerca de dez metros e não encontraram criança alguma, mas sim um objeto rolante não identificado junto a outros pequenos e brilhantes que se moviam.

– Helô, pegue a lanterna no carro, por favor. Estou duvidando dos meus olhos.

Ela voltou em poucos segundos para iluminar, no asfalto retinto e úmido, o balde tombado e os pequenos peixes ainda vivos.

Olharam em volta sem entender. Anderson andou pelo acostamento em busca de pistas, enquanto Heloísa se dedicou a capturar os peixes e devolver ao rio que corria a poucos metros da estrada. Retornaram ao veículo e, assim que ele virou a chave para dar a partida, a criança ressurgiu sob a luz baixa dos faróis. Vestia uma bermuda de tecido xadrez e uma blusa solta de malha branca. Com uma expressão aflita no rosto abatido, encarou o rapaz por um tempo que mais pareceu uma eternidade. Abriu a boca como se tentasse falar, mas não emitiu som algum, e a aflição em seu rosto pareceu se aprofundar. Ela levantou o braço devagar como se mal suportasse o peso, apontou o dedo na direção da floresta e então desapareceu, dando a impressão de se enfiar sob o automóvel.

— Viram agora? Não estou delirando! — Ele vociferava, ansioso.

— Não, não está delirando, eu também vi! — Disse Helô. — Mas não é um garoto, é uma menina!

— Tem certeza?

— Tenho, embora os cabelos sejam bem curtos. Vocês viram? — Indagou às duas no banco de trás.

— Não deu para ver direito daqui, só um pequeno vulto! — Respondeu Juliana.

O rapaz saiu e olhou embaixo do veículo. Depois buscou, em vão, no asfalto e no acostamento.

— Vamos embora, Anderson! Não podemos ficar aqui! — Foi Heloísa quem alertou.

Ele entrou no carro e deu a partida. Dinorá segurou a mão de Juliana enquanto Heloísa permaneceu calada, vasculhando na memória a possível explicação para um incômodo sentimento de familiaridade em relação àquele rosto infantil.

9

O sepultamento da pequena Mariana seria no dia seguinte, logo após a liberação do corpo pelas autoridades. Anderson já pressionava Gustavo para retornar à universidade. Não queria que o rapaz permanecesse na fazenda naquelas circunstâncias, achava perigoso demais. Por experiência própria, sabia que um raio poderia, sim, cair duas vezes no mesmo lugar, ao contrário do que garantia o adágio popular. Jamais se perdoaria se uma nova perda fosse imposta aos Santos. Difícil seria convencer o resistente Gustavo, cuja teimosia quase se igualava, em grau, à angústia que o consumia.

O arborizado cemitério da fazenda ficava no pé do morro e exibia, ao fundo, uma delicada capela. Por fora, era um bordado de pedras irregulares e, por dentro, inteiramente talhada em madeira, trabalho minucioso de um conceituado artista da região que morou seis meses na fazenda para dar conta do serviço; coisas dos tempos de glória dos Cardoso. À direita ficava o mausoléu da família, uma obra recente cuja imponência destoava do estilo enxuto dos atuais proprietários.

O coveiro, um senhor idoso e magro, chegou bem cedo para dar os toques finais, limpar as folhas caídas durante a noite e depositar flores frescas do campo, conforme recomendado por Dinorá. Tinha adiantado o serviço na véspera, mas queria garantir que tudo sairia a contento, sem surpresas desagradáveis. Qual não foi seu espanto quando, ao empurrar o pequeno portão branco e atravessar o arco desenhado por duas árvores centenárias, portal natural para o ingresso naquele espaço sagrado, deparou com a cena.

Outro corpo infantil, desta vez vestido com um camisolão branco, cercado de flores e folhas e depositado numa espécie de lápide no fim do caminho central que levava à capela.

O primeiro a chegar foi o delegado, acompanhado por dois peritos, um homem de meia-idade e uma mulher bem jovem.

– Acredito que não seja a criança que buscamos, embora tenha a idade mais aproximada. Aposto que é a segunda garotinha desaparecida, a que pescava com o avô na beira do rio há cinco anos. Podem escrever o que estou dizendo! Esse desgraçado não respeita nem o solo sagrado, prova de que é muito humano! Eu mereço!

Decorridos quarenta minutos, o pequeno cemitério assemelhava-se a um cenário de série televisiva. Faixas, câmeras, tubos de ensaio, jornalistas, curiosos e policiais de todos os tipos, oriundos do vilarejo e da cidade. O enterro precisou ser transferido para o distrito, porque o local ficou inviabilizado por vários dias.

10

Anoitecia na fazenda e todos estranharam a notícia de que Dinorá passaria a noite fora, cuidando de uma amiga enferma. Afinal, era um momento de grande tensão, e normalmente ela não se afastaria de Juliana. Enfim, quando a velha metia uma coisa na cabeça, era melhor não questionar.

Diogo tinha ido à cidade, onde permaneceria durante dois dias em razão de seu ofício de cuidador de idosos. Felipe precisava concluir um projeto de informática, um sistema de atendimento para uma rede de lanchonetes local. Mas quando Heloísa entrou no escritório, notou que era outro o assunto que o irmão pesquisava na rede.

— O que você está buscando?

— Informações sobre mitos pagãos ligados às forças da natureza.

— Já pesquisei bastante na Biblioteca Municipal e na Internet. Dinorá conta histórias de incesto e maldição, mas também garante que o mal que habita essas terras é mais antigo. Ela diz que esse mal que contaminou a família foi também atraído por ela, pela perversão de seus membros. Então não sabemos o que veio antes. São lendas perdidas de um passado distante. Mas ela me deixa confusa, acho que sabe mais do que diz.

— Concordo com você. Nas minhas pesquisas encontrei referências a sítios sagrados de religiões primitivas e a cerimônias praticadas por décadas nas matas e nas águas do distrito. Mas não achei detalhes sobre esses rituais. E há pontas soltas na história de Irene, como o episódio do parto. Se a velha Dinorá de fato sabe mais do que fala, está passando da hora de abrir o bico. Afinal, é a segurança de Juliana que está em jogo. Além da nossa, é claro.

— E pode ser apenas coincidência, mas você acredita que Dinorá vai passar a noite fora? Você não acha muito estranho ela se afastar da Ju num momento como este? Disse que precisa prestar socorro a uma amiga doente, mas até aqui não tinha comentado nada sobre isso. E você sabe como ela gosta de conversar! Achei muito esquisito. Pena que Eduardo já se recolheu, mas amanhã podemos falar com ele sobre isso. Não quero encher a cabeça do Anderson, ele precisa descansar um pouco.

— Por falar em Anderson e em problemas, estou um tanto preocupado. Sabe o quanto gosto dele, é como um irmão para mim. Mas não posso esquecer a barra que você enfrentou quando terminaram. Afinal, também sinto o que você sente. Acho mesmo que desenvolvi meus dons treinando com você no útero materno. Por sua culpa nasci assim — falou e piscou para ela. Heloísa revirou os olhos, mas ele continuou: — Agora sem brincadeiras. Sabe o quanto admiro a sua determinação, mas os acontecimentos recentes, as novas situações de risco e a união em defesa de Juliana, tudo isso pode ter favorecido essa reconciliação inesperada.

— Entendo o seu medo, mas fique tranquilo. Acho que estou bem mais madura agora e ele também. O período em que ficamos afastados foi bom para colocar as coisas nos seus devidos lugares.

— Sei que ele ama você, isso não está em discussão. Mas o peso que ele carrega é grande demais. Minha dúvida é quanto à capacidade dele de manter um relacionamento sadio, atormentado pelo fantasma da violência paterna. Depois de tudo o que enfrentou, temo que Anderson não seja ele próprio, mas sim uma elaborada antítese do pai.

— Já tocamos nesse assunto, mas você nunca me explicou sua teoria por completo. Lembro-me, inclusive, de quando mencionou o significado do nome dele: o filho do homem másculo.

— Isso mesmo, já havia até me esquecido dessa particularidade. É como dizem, "o diabo está nos detalhes".

— Acho melhor traduzir...

— Veja bem: ele é a cara do pai, e essa semelhança está se acentuando com a idade. Também é o filho amado, concebido e nascido na época de ouro, o herdeiro destinado a dar continuidade ao nome e à saga dos Cardoso. O único membro da família que, ao menos em tese, seria poupado; o único remanescente na projeção doentia de Naldo. Carrega uma culpa enorme por não ter conseguido evitar todas as tragédias daquela noite. Sente-se desmerecedor da felicidade. É uma marca poderosa à qual ele reage lutando para ser o oposto do pai, na vida pessoal e profissional. Creio que isso exige um esforço gigantesco. Quando não dá conta, ele se afasta das pessoas, sem perceber o sofrimento que causa.

— Você se graduou em psicologia só para praticar com a família?

Os dois irmãos riram.

— É verdade, prefiro trabalhar com informática, é mais impessoal. Embora eu ame a psicanálise, não tenho estofo para lidar diariamente com as mazelas humanas. Sem mencionar que meus dons acabariam interferindo na terapia, o que não seria nada ético. Não, melhor não misturar as coisas.

— Então me poupe de suas análises, estou muito feliz. Além do mais, que bom que ele se esforça, não é? Vejo isso como uma virtude, não um defeito.

— E eu apoio você, minha irmã, como sempre me apoiou. Mas fique atenta, porque o nosso amigo é um homem sufocado pelo medo de ser como o pai. O medo de ter herdado, além dos bens, a loucura de Naldo.

11

Na calada da noite, Dinorá caminhou vagarosamente na direção da pedreira. Era forte, uma velha descendente de indígenas que preservava a altivez de eras imemoriais. Tempos perdidos de um território imaculado cuja linguagem maliciosa era entendida, aceita e reverenciada, porque os povos primitivos sabiam bem regatear com deuses irascíveis. Dinorá se perguntava em que momento as divindades antigas deixaram de ser homenageadas. Por quanto tempo permaneceram naquelas terras, esquecidas e relegadas, até que sua fúria finalmente emergiu e se voltou contra os homens?

Atravessou, solitária e destemida, um trecho íngreme da floresta. Chegou à pedreira e percorreu o caminho acidentado que levava à parte principal, na qual havia pedras dispostas num círculo cuja borda oriental se abria para uma vista espetacular do vale e do céu estrelado. A oeste se vislumbrava a entrada de uma caverna semelhante a uma imensa boca aberta e repuxada.

Como quem dá início a um rito ancestral, a velha espalhou sobre uma toalha os objetos trazidos no embornal (cordas e palhas trançadas, plantas, poções, pedras, pequenos amuletos, um cacho de cabelo), ajoelhou-se virada para o nascente e entoou cânticos numa língua desconhecida. Depois arrancou da bolsa, que mais parecia uma cornucópia mágica, um pequeno coelho cinza. Ergueu-o com o braço em sinal de oferenda e o degolou com destreza. Com os dedos lambuzados do sangue do animal, desenhou símbolos pagãos no solo. E Heloísa, que a seguira desde que tomara o rumo da floresta, encarava a cena estupefata, escondida atrás do tronco grosso de uma árvore.

Com os olhos cerrados, sem notar que era observada, a mulher seguiu entoando seus cantos e orações. Até que uma bruma muito branca a cercou e Heloísa pensou ter visto vultos negros se movimentando numa espécie de dança em torno da velha. Mas tudo estava enevoado, e o pavor, somado ao frio que dominava seu corpo, a fazia duvidar de suas percepções. Juntou forças para aguardar o término do ritual e a seguiu pelo caminho de volta.

Já na trilha que margeava a floresta, numa área muito usada pelos mochileiros e iluminada pela lua quase cheia, Helô se aproximou por trás e segurou o braço de Dinorá.

— O que significa tudo isso?

A mulher se virou assustada, mas suspirou com alívio ao ver o rosto conhecido. Em seguida fechou a cara e seguiu seu caminho pisando duro, mas a moça voltou a abordá-la.

— Pare, Dinorá. Quero que me diga o que estava fazendo na pedreira e o que está escondendo de nós. Por que mentiu dizendo que ia dormir na casa de uma amiga na vila?

— Não menti. Ou melhor, menti só em parte. Precisei da ajuda dela para preparar algumas poções. Certos trabalhos precisam ser feitos em conjunto.

— Como assim, trabalhos? Que ritual era aquele? Um sacrifício animal? Anderson tem ciência disso?

— Não banque a tola, Heloísa. Anderson não sabe e nem precisa saber. O local é um sítio sagrado e aquele era um ritual feminino de proteção.

— E Juliana, ela sabe?

— Ju é outra história. Ela nasceu naquele lugar, pertence a ele.

— Nasceu em que lugar? Na pedreira? Chega de mistério, Dinorá. Qualquer informação é importante agora. Estamos aqui para proteger Juliana.

— E eu, não? Dediquei toda a minha vida às mulheres dessa família, mas sei que é a menina o sentido disso tudo. Por ela tenho que viver e morrer, está escrito. E mais não posso revelar, fiz um juramento. Confio nas forças de proteção a Juliana, tenho certeza de que elas agirão no momento certo. Confio também em vocês e no escudo que formam. Espero que confiem em mim, é só o que peço.

Heloísa estava prestes a responder, mas um ruído na mata a fez se calar. Dinorá arregalou os olhos atentos. Conhecia bem aquele movimento, aquele odor, aquele breu que rodeava uma alma comprometida com a maldade, casada com ela, destinada a ela irremediavelmente.

Tirou do embornal um punhal antigo e uma espécie de faca talhada em madeira. Colocou o punhal nas mãos de Heloísa.

– Segure firme, está na hora de mostrar a que veio.

As duas se postaram como num balé ensaiado, de costas uma para a outra, armas em punho, monitorando o espaço em torno, esperando. E ele veio. Veio em toda a sua feiura e horror, o horror do Remanso. Corpo torto e carcomido, mãos e dedos longos como raízes de árvores, olhos semicerrados. Linhas escuras que, como o traçado de um mapa, cortavam toda a face na qual ainda era possível identificar as feições de outrora. O Retorcido, o Pálido, o Corrompido. Dinorá tinha inventado muitos nomes para ele. A bruma negra cercou as duas mulheres que já não enxergavam, permanecendo grudadas pelas costas, uma sendo escudo da outra. Sentiam seus corpos congelando sob o efeito do nevoeiro e as garras afiadas atingindo seus braços e pernas. Dinorá começou a pronunciar palavras numa língua estranha, semelhantes às que Heloísa ouvira nas pedras. A criatura enfurecida partiu para cima e atingiu o pescoço da velha. Depois arrefeceu o ataque, mas não recuou. Dinorá proferia as palavras com maior ênfase, apesar do nervosismo na voz. Foi quando Heloísa desferiu um golpe certeiro naquelas garras ou no braço, não teve certeza. E, por alguma razão desconhecida, aquela coisa desapareceu, como que flutuando em meio à nuvem negra que a envolvia.

Na casa da vila, enquanto a amiga de Dinorá tratava os ferimentos com ervas medicinais, Heloísa se mostrava excitada com o resultado do confronto.

– Isso é um ótimo sinal! Sinal de que ele pode ser enfrentado!

– Não se empolgue tanto – Dinorá retrucou. – Essas são armas antigas e poderosas. Podem afastar esse desgraçado por um tempo, mas não podem matar. E ele não vai parar. Ele quer a menina, quer terminar o que começou. Por isso, e apenas por isso, ainda caminha sobre a terra.

Heloísa pensou por um momento que aquela mulher morena e forte, vestindo roupas estampadas sobre a silhueta quadrada, bem poderia representar a avó feiticeira dos filmes de terror. Pensou também em como Anderson reagiria diante da confirmação definitiva da identidade. Afinal, tiveram a oportunidade de estar cara a cara com ele, ela e Dinorá. Um rosto modificado, deformado, mas ainda reconhecível. Às vezes tinha a impressão de que o companheiro, ao contrário dos demais e até mesmo de Juliana, guardava um fio de esperança de que o assassino não fosse o pai. Compreensível. Era a única pessoa viva que, ao menos durante a infância, nutrira um amor autêntico por José Ronaldo.

Desviou sua atenção para a anfitriã que servia três doses generosas de uma bebida fumegante, infusão de ervas com pitadas de aguardente. Tomou um gole e sentiu aquecer a garganta e o peito, bem como relaxar o corpo na cadência suave da voz grave que cantarolava.

Resolveu puxar conversa enquanto Dinorá cochilava. Para descontrair e, com sorte, arrancar alguma informação.

— Nome interessante esse, Suema. É indígena? O que significa?

— Não é indígena e não significa nada, ao menos até onde eu sei. É só a junção dos nomes dos meus pais, Sueli e Mário. — E soltou uma risada debochada e divertida que irritou Heloísa.

Mas ela já deveria estar acostumada. Afinal a mulher, um tanto mais jovem, não era apenas discípula, mas também parenta de Dinorá, filha de uma prima. A provocação corria impávida nas veias da família!

— O que você sabe dessa história?

— Sei o bastante. O suficiente para ajudar Dinorá a buscar, com os antigos, a sabedoria para enfrentar a ruindade que se escondeu nessas terras. Foi assim que conseguimos a faca que ela usou hoje.

Mas não está sendo fácil juntar os cacos de uma cultura perdida, massacrada pelo seu mundo branco.

– Os povos antigos conheciam essa força?

– É claro! Não esse maldito Cardoso, esse é novo! Mas a coisa por trás dele, muito mais poderosa! Não destruíram porque não dá para fazer isso, mas ela ficou inativa por um longo tempo. Como um vulcão, sabe? Só que os mais jovens, os que restaram, não conhecem direito os ensinamentos. Fazer o quê? Continuamos procurando, não podemos parar. Porque, é como dizem, "os mortos não param".

Já era madrugada quando Heloísa retornou de carro para a fazenda e a anfitriã, impaciente, lançou um olhar de indagação para a outra.

– Não, eu não tive resposta.

– Nenhum sinal?

– Pelo contrário. Muitos sinais, muitas presenças, mas nenhuma resposta.

– Eles não vão mostrar, temos que descobrir por nossa conta. Juntar os pontos.

– Acho que você está certa.

– Nossa, até que enfim reconheceu. Como você é teimosa, Dinorá! Falei que não era o garoto dos Santos! Tinha sombra demais sobre ele, não podia ser! Mas você insistiu tanto que eu fiquei quieta.

– Tá bom, Suema. Não precisa jogar na minha cara o tempo todo. Que criatura irritante você é, não sei a quem puxou! – A outra bufou e ambas gargalharam. Então Dinorá continuou: – Agora temos dois elementos novos no pedaço, os dois morenos. Um deles tem que ser o protetor mestiço que os anciãos disseram que viria, o quinto protetor. Mas não vai ser fácil descobrir, nem ele deve saber.

– Então o que vamos fazer?

– No momento, nada. Só preciso ficar muito atenta, olhos e ouvidos. Mais cedo ou mais tarde, ele vai ouvir o chamado.

12

Por volta das oito da manhã, Eduardo já estava na delegacia aguardando a chegada dos familiares da segunda vítima, que haviam se mudado para outra cidade. O delegado se aproximou.

— Vamos esperar na minha sala, é mais tranquilo.

O visitante agradeceu e seguiu na direção indicada. Márcio pegou a garrafa térmica sobre a bandeja e serviu duas xícaras de café, que os dois degustaram em absoluto silêncio, Eduardo distraído enquanto o interlocutor escolhia as palavras com cautela.

— Bom, padre, como eu posso iniciar esta conversa? Não sou idiota, sei que coisas muito estranhas estão acontecendo aqui. Os desaparecimentos, os corpos ressurgidos do nada, os rumores de aparições, os incêndios inexplicáveis, as mortes misteriosas de animais. O gado está morrendo, sabia? Os fazendeiros estão em pânico. O rebanho está vacinado, mas uma doença desconhecida e fatal parece estar se disseminando. São muitos fatos controvertidos. Ou muitos sinais, se preferir. E sei que não são naturais. É como se, aqui, o mundo estivesse se invertendo. Já ouviu falar nisso, padre? A velha história da pizza que só cai virada para baixo.

— Já faz tempo que as coisas neste lugar estão fora dos eixos.

— Não é um homem de muitas palavras, padre. Isso se deve ao seu treinamento? Sei que a Igreja recomenda sigilo nessas atividades, mas o senhor é um especialista em possessões. Um dos poucos em atuação no país, com formação em Roma e tudo o mais.

— De fato, somos poucos. Não é fácil encontrar o perfil adequado e a falta de padres dificulta ainda mais as coisas. Até porque as possessões demoníacas são fenômenos raros, que a Igreja só reconhece depois de totalmente descartada a possibilidade de doença física ou mental. Essa talvez seja a tarefa mais difícil, porque qualquer erro, qualquer interpretação equivocada pode acarretar graves consequências. Mas confesso que tenho critérios próprios e bastante eficazes para identificar os casos que demandam o expurgo.

Coisa de quem foi tocado pelo sobrenatural, pensou o sacerdote, levando a mão à cicatriz no ombro. Seu gesto passou despercebido ao delegado, que quis saber mais.

— E qual seria esse perfil adequado?

— A Igreja destaca algumas características, como a integridade, a prudência e a sabedoria. Mas também é preciso ter coragem e persistência. O processo não é bonito e pode se estender por meses, até mesmo por anos. Jovens frágeis e tímidos não se encaixam nas exigências, ainda que dotados de grande conhecimento e valor moral.

— Entendo. E posso perguntar por que um padre exorcista está envolvido na minha investigação?

— Na verdade, foi a sua investigação que nos envolveu. Somos parte integrante dessa história há muitos anos.

— Disso eu sei. Quem nunca ouviu falar dos Quatro do Remanso? O quarteto de heróis juvenis que salvou a bebê Cardoso da morte! Vocês já serviram de inspiração para contos e músicas. Na época, falou-se até em um roteiro de filme, mas acho que a ideia não foi adiante.

— Devem ter achado a história muito clichê.

— Talvez. Mas ainda não entendi sua presença na Fazenda Cardoso e seu objetivo. Tem a ver com a sua atividade de exorcista? Com essa teoria de que o assassino é o espírito de José Ronaldo?

— Não tem relação com a minha atividade de exorcista, ao menos não diretamente. Porque esse não é um caso de possessão, embora os fenômenos deste lugar muitas vezes se assemelhem à infestação. Mas não, o que enfrentamos aqui é diferente: um mal antigo, enraizado, uma degeneração da natureza. Não sabemos ao certo. Em tese, ele não respeita os símbolos e ritos sagrados. Já estava aqui na Terra muito antes deles.

— Quer dizer que não está preparado para enfrentar essa coisa?

— Quero dizer que ela não pode ser vencida pelos métodos convencionais; não que o meu treinamento seja inútil. Foi também por isso, e para isso, que me dediquei e me aprimorei. Sem o episódio que marcou minha adolescência eu não teria aberto os olhos para o mundo espiritual. Isso foi determinante nas minhas escolhas. Também foi esse mesmo episódio que revelou minha aptidão para enfrentar situações antinaturais, o que meus mentores não demoraram a perceber. Sou, portanto, um resultado da experiência do passado, muito bem forjado pela Santa Fé. Quase um Van Helsing, só que de batina, às vezes.

Riram porque o delegado, num ímpeto, mirou as roupas esportivas de Eduardo. Mas logo voltou a coçar o queixo, como se tentasse se convencer de que não havia, inadvertidamente, ingressado numa realidade paralela.

A conversa foi interrompida pela chegada da família da vítima. O sacerdote, consternado, prestou apoio espiritual, enquanto o delegado passou a coordenar as equipes técnica e administrativa. Era necessário proceder ao reconhecimento do corpo e à coleta de material para os exames laboratoriais. Apenas no final da tarde os dois voltaram a se reunir no gabinete.

— Estou exausto — Márcio reclamou. — Deus me perdoe, ainda bem que esse desgraçado não fez mais vítimas no passado. Só nos resta encontrar a mais recente, espero que ainda viva.

Eduardo o encarou provocador, despertando sua curiosidade.

— O que foi? Não concorda? Falei alguma coisa errada?

— Em parte.

— Como assim?

— Acreditamos que Mariana não tenha sido a primeira vítima. Há um caso anterior que nunca foi associado aos demais.

— Puta merda, o que você está me dizendo?

— Poucos meses depois da tragédia na Fazenda Cardoso, um pouco antes de Juliana completar um ano, houve uma tentativa de sequestro perto das cachoeiras atrás da área hoteleira. Um homem alto e curvado, coberto por um manto, tentou capturar a filha de uma amiga, dona da terceira pousada na subida da serra, aquela da loja de artesanatos. Mas a criança escapou e correu na direção da mãe. Então Ângela — esse é o nome dela — parece ter sido o primeiro adulto a ver e descrever a estranha figura, cujas características ainda eram mais próximas do que consideramos humano. Acreditamos que ele não conseguiu ter, sobre essa vítima, o mesmo domínio que teve sobre as outras.

— E por que não?

— Tenho duas teorias que não necessariamente se excluem. Acho que ele ainda não estava forte o suficiente. Temos claros indícios de que seu poder vem crescendo com o passar dos anos.

— E a segunda teoria?

— Essa é um pouco mais complexa. Clara é autista. Desconfio que essa característica peculiar a tornou imune ao controle exercido pela criatura.

13

Diogo chegou um pouco mais cedo na casa dos Bastos. Atravessou o pequeno jardim cujas rosas, muito bem cuidadas pelo Sr. Francisco, despertavam a admiração dos transeuntes. Sempre que a Sra. Marta ia visitar as filhas, contratava o rapaz para ficar com o marido rabugento, como costumava se referir ao companheiro de muitas décadas. Apesar dos 78 anos, da pressão alta e do diabetes, o Sr. Francisco mantinha uma autonomia admirável. Diogo sabia que sua convocação, nessas ocasiões, se devia ao excesso de zelo da mulher, que não gostava de deixar o marido sozinho. Em outras ocasiões ela lhe confidenciara seu temor de que ele, fulminado por um mal súbito, não tivesse a chance de pedir socorro. Até sonhou com isso. Então aquele serviço era, por assim dizer, uma moleza quando comparado aos demais. Diogo suportava de bom grado as reclamações do velho advogado, que detestava sair de casa e só sossegava quando cuidava de suas flores. Só então se mostrava dócil e afetuoso, acariciando e elogiando aquelas obras de arte vivas.

Já estava na página cinquenta do livro que havia escolhido na farta biblioteca, uma história policial envolvendo a máfia italiana. Riu sozinho pensando na ironia de estar ao lado do delegado nessa luta. Logo ele, que crescera numa comunidade dominada pela violência e que tantos amigos perdera para o crime; metade morta, metade presa, mais ou menos nessa proporção. Podia contar os remanescentes nos dedos de uma das mãos. Sentado na varanda, mas sempre atento, desviava com frequência os olhos do livro para o idoso no jardim.

De repente o Sr. Francisco, que parecia totalmente absorto em sua delicada tarefa, o encarou e indagou:

— Marta me disse que não sabia se você estaria disponível esse final de semana porque tinha ido à Fazenda Cardoso. Que diabos fazia lá?

Diogo levou um susto com a abordagem direta e pouco usual.

— Sou amigo de Heloísa e Felipe, divido o apartamento com ele.

Evitava fornecer detalhes de sua vida pessoal no serviço. A cidade era muito conservadora.

— Os gêmeos do Sérgio e da Edna?

— Isso!

— Uhum...

Então voltou sua atenção para as flores. E Diogo retornou ao livro. Mas não se passaram dois minutos até que ele falasse de novo, como quem levou algum tempo ruminando o assunto.

— Eles eu entendo. O garoto esquisito, parecendo estar sempre numa espécie de transe. E a irmã o tempo todo a postos para protegê-lo, a vida inteira foi assim. Depois ela se envolveu com o filho dos Cardoso. Mas você? O que um rapaz como você faz num lugar como aquele? Você nem é daqui. Por que está metido nisso?

Sua pergunta não denotava curiosidade, mas sim uma preocupação velada.

— Por que o senhor quer saber?

O homem se calou por mais alguns minutos, retomando os cuidados com as flores como se avaliasse se deveria ou não prosseguir.

— Fui advogado do avô. O pai eu não representei, graças a Deus. Logo que meu cliente faleceu, ele contratou outra firma, de um dos seus cupinchas. Enfim, por conta do trabalho, frequentei aquelas terras durante muito tempo, mais do que gostaria. Na época, isso me deixava orgulhoso, era uma das famílias mais ricas do estado. Se soubesse o que sei hoje, pensaria duas vezes antes de aceitar.

Diogo fechou o livro, num gesto de quem se dispõe a ouvir com toda atenção.

— Acho que não preciso dizer que tem alguma coisa estranha lá. Se você anda frequentando o lugar e é amigo dos gêmeos, com certeza já sabe. Já escutou o barulho, sentiu o cheiro e as mudanças de temperatura, não é? Todos no vilarejo comentam. Então vou pular essa parte para ir direto ao que interessa, um fato ocorrido há quase cinquenta anos. E é só um dos muitos que correm, às caladas, sobre aquele local. Mas esse eu presenciei, então posso falar de cadeira. Não se incomode se eu me enrolar em alguns detalhes, porque o principal eu nunca consegui esquecer. E olha que tentei!

Mexeu mais um pouco nas rosas, desta vez por apenas alguns segundos. Já estava decidido a falar, o que tinha a perder?

— Honório era o nome dele, o pai do José Ronaldo. Quer dizer "homem honrado, homem de reputação". Gosto de pesquisar o significado dos nomes.

Diogo esperava com paciência. Estava habituado a essas divagações que entremeavam o discurso dos idosos, o acúmulo de memórias levava as informações ao transbordo.

— Dele não posso reclamar, ao menos como cliente. Pagava os honorários em dia e não costumava se envolver em nada muito ilícito, de acordo com os padrões daquele tempo. Nada que não pudesse ser resolvido com uma boa conversa. Um elogio, um agrado, uma propina ou até o usual "sabe com quem está falando?". Bons tempos para um advogado que estivesse do lado certo, o lado dos ricos e bem-nascidos. Bem, esse advogado era eu. Direitos trabalhistas? Ninguém tinha ouvido falar por estas bandas. Já percebeu que eu não era o mais escrupuloso dos profissionais. Mas veja, cada um tem o seu limite. Cada um estica o fio até onde pode, até onde aguenta.

Acariciou uma rosa amarela com delicadeza, eram as suas favoritas. E então continuou:

— Havia um garoto naquela fazenda, de seus 13, 14 anos. Otávio era o nome dele. Os filhos de Honório eram mais novos, o caçula ainda bem criança. Pois bem, a mãe desse menino era uma mulher muito bonita, de cabelos negros, olhos puxados e a pele de um moreno rosado incomum. Porque nossa miscigenação puxa mais para uma pele amarelada, assim como a sua.

Diogo olhou para o próprio braço e pensou em tecer algum comentário mordaz, mas relevou. Estava ansioso demais para ouvir a história.

— Era filha de um empregado da fazenda e passou um tempo trabalhando na cidade, numa casa de família. Voltou com esse filho na barriga e nunca revelou quem era o pai, mas corria o buchicho de que era o Honório. Diziam que ele estava de olho nela desde menina e que, para afastá-la da vigilância do pai, tramou essa ida para a cidade, onde se encontrava com ela periodicamente. Bem, isso era o que se comentava em conversas muito sorrateiras, porque com aquela gente não se brincava. Enfim, o garoto cresceu e, se você me perguntasse, eu não saberia responder se era ou não filho do Honório. Fisicamente, era muito parecido com a mãe. E ela era uma mulher altiva, apesar das dificuldades enfrentadas num ambiente hostil para uma mãe solteira. Uma mulher sem homem, como se dizia na época. Mas o moleque era um catiço, desaforado como só ele. Não sei explicar, talvez fosse hiperativo, embora naquela época não existissem essas classificações; talvez fosse mesmo filho de Honório e tivesse herdado os distúrbios da família.

Parou de falar como quem toma um pouco de fôlego. Depois prosseguiu:

— Enfim, o Honório detestava vê-lo brincando com o José Ronaldo. Proibiu, castigou, mas não adiantou, o filho escapava e já estava na corriola com o garoto. Certa vez o Honório confrontou o moleque, ameaçou, mas ele não baixou a cabeça. Puxou o cinto e bateu com a fivela, mas o garoto reagiu e o derrubou, era forte o danado. Honório chamou seus capangas, mandou dar uma coça no menino e deixá-lo na mata, de lá que sumisse de vez. Veja, a fama desse lugar já existia, ninguém se aventurava na floresta à noite, sozinho. A mãe só ficou sabendo do ocorrido na manhã seguinte. Nunca mais teve notícias do filho.

— Ele mandou matar o menino?

— Não chegaria a tanto, mas conhecia os riscos. Estava muito incomodado com aquela presença desafiadora e bastarda, queria se livrar daquilo. Talvez tivesse medo do garoto, não sei bem, são apenas especulações. Mas não acaba aí.

— Então conta logo!

— Pouco mais de dois anos depois, ele mandou o motorista me buscar em casa, à noite. Não tinha conseguido fazer contato, o telefone sempre funcionou mal na fazenda, assim como o celular é péssimo hoje, por mais que tentem resolver. Rapaz, ele não estava nada bem, e não demorou para eu descobrir o porquê. Um dos seus capangas encontrou o corpo do garoto numa ravina perto do rio. Estava exatamente como na noite em que sumiu. As mesmas roupas, o mesmo par de tênis e, pasme, até as marcas da surra que levou estavam intactas. Honório não entendeu nada, queria uma orientação, não sabia o que fazer. Passamos três horas discutindo no escritório, evitando fazer barulho para não acordar o resto da casa. Meu primeiro impulso foi comunicar à polícia, mas ele se apavorou. E se a perícia constatasse que a surra tinha sido a causa da morte? Seria incriminado, responderia por homicídio, e essa conversa de que era o pai poderia piorar a situação. Diriam que estava tentando se livrar do filho ilegítimo por questões de herança, ou coisas do tipo. Não, isso não seria possível. Teria que haver outra solução. Pensou que o melhor seria sumir com o corpo. Taparia a boca do capanga com um bom dinheiro e depois o mandaria para longe, pois ninguém mais sabia. Hesitei, argumentei que isso poderia vir à tona e que depois seria muito mais difícil provar os fatos. Mas foi inútil, ele insistiu e eu acabei concordando. Não só concordando como também ajudando.

Diogo não sabia o que dizer, não sabia o que pensar a respeito desse homem que de repente se transmudava em outro completamente diferente. As pessoas não têm o costume de imaginar que os idosos, aparentemente frágeis, também guardam um passado do qual nem sempre se orgulham.

— Bem, por muitos anos tentei me convencer de que essa era a única atitude a tomar, não havia outra coisa a fazer. Nada iria trazer o garoto de volta, eu precisava do trabalho e minha família do dinheiro. Mas não adiantou. E não adiantou porque não era verdade. Havia, sim, muita coisa a fazer. Um crime a ser punido; uma criança a ser justiçada. E o pior, uma mãe com o direito de ser informada do destino do filho para, ao menos, poder velá-lo e viver o seu luto.

Suspirou. Admirou novamente as rosas.

– Depois disso, apenas uma ou duas vezes estive na fazenda. Passei a receber o Honório no escritório da cidade e mantive distância dos seus assuntos pessoais. Ele não reclamou. Fiquei aliviado quando, depois que ele morreu, o filho me tirou a conta, embora tivesse me pesado no orçamento. É isso. Marta não gosta que eu toque no assunto, mas pediu que eu lhe contasse. Estava preocupada com você.

– Ela acha que esse caso está conectado aos acontecimentos recentes?

– Durante muito tempo me incomodou a dúvida, a chance de que ele tivesse, de fato, mandado matar o garoto e depois inventado aquela história para sumir com o corpo. Como quem arranja um álibi, caso as coisas não saiam conforme o planejado. Depois, com os desaparecimentos e agora os corpos, penso que não. Acho que aquele menino foi vítima da mesma, sei lá... coisa. Com a diferença de que foi entregue a ela de mão beijada.

Diogo estava boquiaberto. Só conseguiu soltar duas frases naquele momento:

– Que merda de gente é essa? Que merda de lugar é esse?

– Não se espante tanto, meu jovem amigo. Isso aqui é o sertão, com suas lendas e seus mistérios. Já vi muita coisa esquisita nas minhas andanças por essas fazendas, mas nada como na Cardoso. Não posso afirmar qual era o grau de consciência de Honório sobre tudo o que fez e causou, nem tenho como estabelecer um nexo entre esse episódio e o triste destino do filho predileto dele. Mas é como dizem por aí, "se você olha muito pro abismo, o abismo olha pra você".

Diogo preparou o jantar: macarrão com almôndegas e queijo ralado. Quando Marta ia ver as filhas, o Sr. Francisco tinha licença para algumas estripulias gastronômicas. Marta sabia e não se incomodava. Até estimulava, dizendo que todas as regras devem ser quebradas às vezes. Era uma mulher sábia e generosa.

Assistiram à televisão por algumas horas e foram dormir. Na manhã seguinte, Diogo preparou o café com pão de queijo e estranhou a demora do Sr. Francisco em descer. Subiu as escadas, bateu de leve na porta entreaberta e, como não obteve resposta, entrou no quarto. Aproximou-se e notou que o homem estava na mesma posição em que o deixara na véspera, exceto o braço pendurado na lateral da cama. Segurou o pulso, tocou a veia do pescoço, colocou os dedos diante do nariz e da boca. Nada. O velho advogado estava morto.

Tirou o celular do bolso. Estranhou, não tinha qualquer sinal. Uma brisa fria atravessou seu corpo e um odor forte de rosas invadiu o cômodo. Gelou. Seu coração saltava dentro do peito, queria sair do quarto e gritar, mas suas pernas não se moviam. Ficou assim, nessa aflição, por um tempo que a ele pareceu uma eternidade. Num enorme esforço de concentração, juntou todas as suas forças e saltou na direção da porta, quase se estatelando na parede do corredor. Correu para a rua, inalando o ar da cidade com sofreguidão.

14

A pousada estava quase vazia e Ângela aproveitava o tempo livre para organizar a loja de artesanatos para o final de semana, quando os turistas compareceriam em peso. Aquele pequeno comércio era o seu xodó. Esmerava-se na decoração, buscando criar um espaço esotérico autêntico, uma pérola oriental onde os clientes pudessem relaxar e se distanciar das tensões acumuladas na rotina diária. Também era o lugar preferido de Clara, o que para ela vinha em primeiro lugar desde que ficara sozinha com a filha, depois que o marido se mudara para outra cidade com uma jovem aluna.

Ouvira falar de homens que fogem do convívio com filhos especiais e das inúmeras questões que os envolvem, mas preferira não acreditar. Estava convicta de que seu caso era diferente. Afinal, mais até do que ela, João Paulo sonhava em formar uma família. Qual não foi sua surpresa quando o devotado cônjuge titubeou diante da criança trancada em seu universo particular. Alegando singelamente que não estava feliz, deixou-a sozinha com Clara um ano depois do diagnóstico de autismo.

Sem qualquer apoio, Ângela desdobrou-se nos cuidados com a menina e com a pousada, herança da família e sua única fonte de renda. Mas não se queixava. Superadas as primeiras dificuldades e, por que não dizer, até uma rejeição inicial, seu laço com ela se estreitou tanto que já não conseguia ficar muito tempo longe. Orgulhava-se dos significativos progressos de Clara, que cursava o ensino médio e começava a se inteirar da administração dos negócios. Era gratificante vislumbrar a possibilidade de independência profissional e financeira da filha depois de todo o esforço despendido nas visitas intermináveis a terapeutas, fisioterapeutas e fonoaudiólogos, sem mencionar as atividades físicas e interacionais, como a natação e a equoterapia.

Olhava para ela, organizando os pequenos objetos decorativos e as pilhas de incenso. Era o que mais gostava de fazer. Seria mais fácil lidar com a loja do que com a pousada, considerando o seu excessivo apego à rotina, sua resistência às mudanças. Ainda assim vinha se dedicando a elaborar um novo design para o interior do estabelecimento, o que a mãe achava muito promissor. Adorava desenhar e também se interessava por todas as miudezas daquele ambiente místico, das pedras às bijuterias, dos santos católicos aos orixás.

Mesmo com tudo correndo bem, a mãe ainda se preocupava com os sonhos, que não davam trégua desde o episódio do homem na cachoeira. Achava estranho o impacto daquela situação na mente de Clara e a permanência das reações depois de tanto tempo e apesar da terapia. Eram pesadelos recorrentes e assustadores, marcados pela presença daquele a quem ela se referia como "O Escondido". Ele parecia ter ficado grudado, impregnado nela. Como se os dois tivessem criado uma espécie de vínculo.

Ângela estava muito abalada com os últimos acontecimentos, desde o desaparecimento até os corpos expostos. Queria poder ajudar, mas não sabia como, então achou melhor deixar a polícia agir. Tinha lavado as mãos desde que procurara a delegacia para tentar, inutilmente, estabelecer uma ligação entre o episódio com a filha e os outros. Só o padre Eduardo acreditara. Depois disso, decidira não mais se envolver. Até a noite em que a criança desapareceu.

Era para ser só mais um pesadelo, como todos os demais nas cansativas noites. Mas Clara sentou na cama chorando, muito abalada. Isso não era comum. Em geral ela gritava, a mãe a acalmava e ela voltava a dormir. Ângela a acariciou e perguntou o que estava acontecendo.

— Ele pegou a menina! — As lágrimas escorriam abundantes no rosto suave, emoldurado por mechas loiras encaracoladas.

— Que menina, meu amor? E quem é ele?

— O Escondido!

— E para onde ele a levou?

— Para a caverna dele.

E caiu num choro compulsivo.

Na manhã seguinte, ao saber do sumiço da garotinha, Ângela ficou intrigada. Não acreditava muito em coincidências. Por outro lado, achava difícil lidar com o inexplicável.

15

Juliana observava, nas paredes do quarto, o mosaico projetado pelo lustre amarelo, enquanto pensava no ataque sofrido pelas mulheres e em como o irmão se fechara ainda mais. Não conseguia evitar o sentimento de culpa. Pressentia o perigo, não mais sorrateiro como sempre o percebera em sua curta existência, mas ostensivo e afrontoso. Havia chegado o tempo do enfrentamento.

Talvez essa mudança estivesse relacionada à proximidade dos seus quinze anos, todos os eventos significativos ocorriam perto de seu aniversário. Mas quem poderia garantir? Qual era a lógica disso? Nem Helô, com suas exaustivas pesquisas de história e religiões antigas; nem Eduardo, com seus profundos conhecimentos teológicos; nem mesmo Dinorá, com suas práticas de ocultismo. Nenhum deles conseguia explicar a contento, embora ela desconfiasse que esta última guardava cartas na manga, a índia velha nunca jogava limpo. Sorriu com afeto.

Mas era fato incontestável que aquele ser obscuro, que bafejara em seu cangote desde sempre, estava agora se expondo e se aproximando. Prova disso era que, num curto espaço de tempo, já havia confrontado quase todos os seus protetores. Somente o irmão e Felipe tinham sido poupados da presença infernal.

Dinorá sustentava que ela estaria segura na casa porque um poderoso feitiço de proteção, embasado nas atrocidades cometidas contra a família, impedia o ingresso da criatura. Daí a preocupação com as crises de sonambulismo que, invariavelmente, a impulsionavam para fora. Ele a chamava, a atraía, sibilava em seus ouvidos. Mas Juliana não podia viver como uma prisioneira. A despeito de todas as adversidades, tinha uma energia extraordinária que a diferenciava da frágil Irene e do taciturno Anderson. Era feita de outro material, outra liga, algum componente desconhecido e alheio àquele agrupamento familiar.

Imaginava se havia herdado alguma característica do pai. Indagou certa vez a Dinorá, que tentou se esquivar do assunto.

— As mãos lembram um pouco.

— Não disfarça, Dinorá. Você entendeu muito bem. Estou me referindo à maneira de ser.

— Hum... Talvez essa sacudida de cabeça que você dá quando acha graça em alguma coisa.

Juliana não insistiu, era inútil. A velha era teimosa como uma mula.

Pensava muito na mãe e em como seria sua vida na companhia dela. Imaginava-se andando de mãos dadas com Irene pelas ruas do vilarejo e da cidade, fazendo compras e conversando, as pessoas admirando a semelhança entre as duas. "Era a moça mais bonita da região", diziam aqueles que a haviam conhecido.

Imaginava a mãe em seu quarto, acariciando seus cabelos e escutando seus tolos problemas de adolescente, as dificuldades na escola, os atritos com as colegas, o recente interesse pelos garotos. Tinha inveja das amigas, abraçadas às suas mães e aos seus pais. Sentia-se desfalcada, como se algo muito importante lhe tivesse sido negado, algo que nem chegara a conhecer. Era isso, sentia falta do que jamais tivera. E sentia raiva. Muita! Uma raiva difusa e dissimulada que só não escapava dos olhares atentos da governanta, que nessas horas perscrutava de soslaio suas expressões. Bruxa esperta!

Pensava também em Gustavo, agora bem mais do que antes. A beleza amadurecida na universidade, o comportamento gentil e protetor, tudo começava a ganhar novos contornos. Há muito tinha consciência dos sentimentos dele, mas cinco anos representam um abismo quase instransponível quando se é muito jovem. Acostumou-se a vê-lo como um segundo irmão, mas essa sensação vinha mudando no ritmo acelerado dos seus hormônios adolescentes.

O sono enfim a envolveu e a lançou no mundo do inconsciente. Já não estava em seu quarto, mas sim numa espécie de círculo integrado por seres estranhos e, em tese, assustadores. Ela, contudo, se sentia tranquila e protegida como se embalada no berço da infância. Não o berço macabro, talhado no rico cedro dos Cardoso; mas outro, sem grades, banhado em matéria fluida.

16

Na varanda, Felipe acendeu um cigarro sob o olhar indagador de Diogo.

– Ué! Você não tinha parado?

– Aqui não. Aqui essas decisões não se mantêm. Elas perdem força, talvez para dar espaço a outras de maior relevância.

Felipe ficou olhando a fumaça se esvair na direção da brisa leve da noite. A camisa jeans assentada destacava seu corpo magro, porém definido. Seus cabelos eram finos e castanhos, ligeiramente aloirados como os de Heloísa. Os olhos, de uma rara tonalidade esverdeada, combinavam perfeitamente com a cor clara de sua pele. Era um homem muito bonito, embora a delicadeza na constituição e nos traços fugisse do masculino padrão. Parecia demasiadamente com sua gêmea, como se a diversidade de genoma e de placenta não tivesse sido capaz de impedir uma estranha aglutinação fetal. Vê-los lado a lado podia dar a impressão de que, de um momento para o outro, se fundiriam num único todo completo e complexo, entrelaçados num vínculo xifópago de almas.

Um ruído distante, como um uivo, se fez ouvir, preocupando Diogo.

– Será que é seguro ficar aqui fora nesse horário?

– Sim, ao menos a princípio. Há um cerco de proteção em torno da casa, coisa de quinze anos atrás que só Dinorá sabe explicar. E eu preciso respirar, estou farto de ficar preso. Acho que estou meio claustrofóbico.

— Ando com uma sensação esquisita, como se estivéssemos sendo observados.

— Não é apenas uma sensação. Ele está por perto, não tenho dúvida. Sentiu a alteração da temperatura? Isso não é só o efeito da noite que avança ou da mudança de estação. O ar sempre gela quando essa coisa se aproxima. Você já está aprendendo a identificar os sinais. Diria que está quase imerso nos mistérios do Remanso. Reconheço que me surpreendeu, foi muito rápido. Parece até que nasceu para isso!

Os dois riram.

— Padre Eduardo disse algo parecido a meu respeito, tipo "guardião nato". – Diogo falou.

— Eduardo tende a romantizar o perigo, tome cuidado. Sei que você enfrentou muitas coisas na vida, mas isso é diferente, posso garantir. Se dependesse da minha vontade, você já teria retornado para casa. Mas sei que não adianta falar.

— Não vou embora, já disse.

— Preciso perguntar uma coisa. O que aconteceu no dia em que você saiu sozinho pela fazenda? Demorou demais e, quando voltou, estava diferente, meio aéreo...

— Não quis te preocupar. Sei lá, não foi nada de mais. Saí caminhando e, quando percebi, já estava perto da pedreira. Fiquei curioso e subi para ver o mirante. Depois não me lembro bem, acho que fiquei meio tonto com a altitude.

— Mas por que você foi sozinho? Sabe que é perigoso!

— Não sei explicar, Felipe. Não sei mesmo. Foi muito esquisito, parecia que a pedreira estava me chamando.

Felipe ficou em silêncio por alguns instantes, com o olhar compenetrado de quem toma uma decisão.

— Vou contar uma coisa que não gosto de comentar, só revelei pra Helô. Naquela noite eu vislumbrei todas as mortes, aquelas que não conseguimos impedir e a que evitamos. Vi tudo em flashes um tanto confusos, mas as imagens nunca saíram da minha cabeça. E eu nunca mais fui o mesmo.

— Quer dizer que você também viu a menina morrer? Mas ela não morreu. Como isso é possível?

— Veja bem, eu tenho visões do futuro, e isso era o que estava reservado para Juliana. Mas até onde eu sei, e minhas experiências me provaram, o destino pode ser modificado. Foi o que a nossa interferência causou, mas não se sabe o preço que será cobrado. O desfecho trágico traçado para Juliana foi alterado. Algo muito raro e poderoso aconteceu.

— É claro que sim, a coragem e a atitude de vocês. Muito raro mesmo.

— É mais do que isso. Quase como se esse "dom" que sempre me atormentou de repente adquirisse um significado, como se existisse para esse fim. Há outras forças atuando nessa história, ligadas aos mistérios que cercam a menina desde sua concepção e nascimento. Forças antigas que despertaram em favor dela e para restaurar o equilíbrio.

Mas Diogo não escutou a última frase. Olhava para a jovem que, de pijama azul e pantufas, com o rosto mais branco que o normal, saía para a varanda e tomava a direção do jardim.

Felipe se postou na frente de Juliana, aproximou seu rosto e sussurrou:

— O que você está fazendo aqui fora, Ju? Volte para o quarto.

No entanto, a menina parecia não ouvir, os olhos vazios e fixados num ponto além do jardim, na direção da mata. Tentou seguir adiante, contornando o corpo que lhe barrava a passagem. Felipe moveu a mão diante de seus olhos e não obteve reação alguma, como se ela estivesse mergulhada num transe profundo. Segurou a garota pelos ombros com delicadeza e tentou inverter seu rumo, de forma a guiá-la para o interior da casa. Surpreendeu-se com a resistência que aquele corpo magro ofereceu.

— Venha me ajudar aqui, Diogo. Acho que não devemos acordá-la.

Diogo se aproximou e segurou um dos braços com firmeza, enquanto Felipe pegava o outro. Devagar, foram levando a menina para dentro.

— Vou chamar Helô. Não saia do lado dela, Diogo.

Em poucos minutos, Heloísa desceu as escadas, abraçou Juliana e subiu com ela para o quarto. Àquela altura, ela já parecia menos alheia, mais desperta. Anderson também desceu e aguardou na sala.

— Por que a porta da frente ficou aberta?

— Porque estávamos na varanda.

— Não podemos correr esses riscos.

— Ora, Anderson, não havia como ela passar sem esbarrar em nós. Acho mais arriscado ela encontrar uma chave nos seus inúmeros esconderijos, pois conhece a casa melhor do que ninguém.

— Pode ser, Felipe. Não sei mais o que fazer para protegê-la.

— Não seria o momento de mudar de estratégia e sair da defensiva? — Foi Diogo quem respondeu.

Anderson lançou um olhar incrédulo e nada disse. Então Felipe sugeriu:

— Talvez Diogo esteja certo. Talvez seja a hora de atacar. Não podemos ficar eternamente acuados, esperando o dia do aniversário ou outro evento qualquer.

Heloísa entrou na sala.

— Ela tomou um chá e dormiu. Ou já estava dormindo e apenas se deitou, sei lá. Antes ficou um bom tempo olhando para a janela, mas não pronunciou uma palavra sequer. Estava gelada, suando frio, como se a pressão estivesse muito baixa.

Anderson escutava com a cabeça abaixada e as mãos no rosto. Desde a noite do confronto com as duas mulheres vinha manifestando um enorme cansaço, como se carregasse um peso insuportável.

– Está sendo atraída. Ele está ficando mais forte.

– Mais um motivo para agirmos logo – intercedeu Diogo.

Mais tarde, no quarto, Anderson expôs seus temores à companheira.

– Tenho que dar razão a eles, mas não sei como agir. Nem ao menos sabemos como derrotá-lo. Como matar o que já está morto?

– Bom, precisamos descobrir. Temos pouco tempo para isso. Mas tem uma coisa que eu sempre quis perguntar, espero que não fique chateado. Você nunca pensou em submeter Juliana a um teste de DNA?

– Você quer dizer, confirmar se ela é filha do meu pai ou do meu tio?

Heloísa, meio constrangida, fez que sim com a cabeça.

– Não, Helô. Nunca pensei nisso por várias razões. Primeiro, porque esse suposto relacionamento extraconjugal é fruto exclusivo da loucura do meu pai. Veja que nem mesmo ele tomou essa iniciativa, e o exame existe desde meados da década de oitenta. Limitava-se a atormentar minha mãe com suas acusações.

– No fundo, talvez tivesse medo de perdê-la. Por isso não sugeriu o exame, seria ofensivo demais, definitivo demais. Ou temia a humilhação de encarar a verdade. Ou ainda porque, sei lá, simplesmente não acreditava na ciência a esse ponto.

– Não creio. Mas não é só isso. Conheci minha mãe como ninguém. Não posso aceitar a ideia de que fosse uma Capitu moderna. E não estou dizendo que Capitu traiu, longe de mim assumir um lado nessa história! Mas faltava a Irene até mesmo o componente ardiloso. Era transparente demais, frágil até.

– É, acho que você está certo.

— Mas tem uma última razão. O fato de Juliana ser ou não filha do meu pai não tem o menor significado para mim, ela é minha irmã e ponto. Para ser sincero, seria até um alívio descobrir que ela é filha do meu tio Max. Mas não iria submetê-la a um exame só para a minha satisfação pessoal.

— Entendo, meu amor, e admiro você por isso. Mas ainda acho que, nesse contexto, seria importante confirmar os laços de sangue que unem Juliana ao seu pai. Dinorá sempre insiste nessas questões de parentesco, nos elos, na maldição. Preferiria não ficar no escuro, isso pode ter algum significado.

— Significado terá a fala de Dinorá se conseguirmos fazer a velha teimosa abrir o bico. Desconfio que só ela e Eduardo, juntos, serão capazes de solucionar esse enigma.

E então adormeceram. A claridade do dia atravessou a cortina semiaberta e os envolveu pela manhã, abraçados na imensa cama.

17

Na subida da serra para a área hoteleira, o delegado Márcio pensou que, afinal de contas, a substituição da estrada de terra pelo asfalto não fora tão má ideia, apesar da acirrada disputa entre os puristas e os desenvolvimentistas que antecedera a obra.

Estacionou o carro ao lado da simpática loja de artesanatos e produtos locais. Foi recebido pela proprietária, com quem fizera contato por telefone. Bem diferente do que ele havia imaginado, ela era simpática e jovial. Cabelos claros presos num coque improvisado, rosto quadrado, olhos castanhos, corpo atlético. Vestia calça larga listrada e uma blusa preta justa de manga comprida. Deduziu que estaria na casa dos quarenta, embora aparentando trinta e poucos anos. Reparou que não usava aliança.

Sentaram-se nas delicadas poltronas de bambu da varanda decorada com objetos esotéricos. Nas mesas abundavam peças esculpidas em pedras regionais e suportes para incenso. Do teto pendiam incontáveis mandalas, apanhadores de sonho e sinos de vento, que tilintavam ao sabor da brisa. Seria excessivo, não fosse o bom gosto que emanava de cada detalhe muito bem elaborado.

Fugindo do seu estilo direto, Márcio iniciou a conversa com amenidades: o tempo chuvoso, a temporada de turismo, as dificuldades do comércio. Gostou da maneira inteligente e ágil como ela reagia e abordava cada assunto, gostou da tranquilidade que ela transmitia. Ao contrário dos amigos igualmente divorciados, tinha preferência por mulheres maduras. Procurou afastar esses pensamentos, pois estava ali a trabalho.

Enfim perguntou sobre a filha e a tentativa de sequestro.

– Nossa, faz tanto tempo. Quase catorze anos, não é? Clara tinha 4 anos na época, hoje é uma moça mais alta do que eu.

– Do que se lembra, Ângela? Posso te chamar assim?

– É claro, detesto tratamento formal. Bom, faz muito tempo, mas certas coisas a gente não esquece. Lembro-me dos detalhes como se fosse hoje. Estávamos passeando atrás do Hotel Central, o mais antigo, que tem um deck sobre o rio. Descemos para andar nas pedras da cachoeira. O tempo estava limpo e não havia perigo de cabeça d'água, sempre tive muita preocupação com as cheias repentinas, já que são comuns nesta região. Atravessamos até a outra margem, onde a água forma uma piscina segura, ideal para crianças pequenas. Eu a coloquei sentada na água e voltei para pegar a bolsa com o protetor solar. Quando me virei, eu o vi. Olhava para ela fixamente enquanto a levantava nos braços. Com certeza a teria levado se ela não tivesse reagido de uma forma que até a mim surpreendeu. Começou a berrar feito um bicho e a espernear como uma louca. Depois se livrou das mãos dele, caiu e correu na minha direção. Veja bem, delegado, minha filha já tinha o diagnóstico de autismo naquela época. E os autistas costumam reagir mal ao contato físico. Para eles, é um estímulo excessivo, difícil de processar. Mas aquilo foi diferente.

— E o homem?

— Aparentemente se assustou e desapareceu na mata.

— Pode descrevê-lo?

— Sim, apesar de não ter me aproximado, porque abracei minha filha e corri para bem longe. Era alto e curvado, como se tivesse alguma deformação na coluna. Os braços e as mãos pareciam compridos demais. O rosto meio escurecido, não negro, mas manchado. Um manto amarronzado cobrindo o corpo.

— Em algum momento você associou esse fato aos desaparecimentos ocorridos anos depois?

— Cheguei a procurar a delegacia para falar sobre isso, mas os investigadores descartaram a possibilidade. Para dizer a verdade, acho que não se interessaram muito pelo episódio, já que minha filha nada sofreu, ao menos fisicamente. Muitos anos haviam se passado, então concluíram que não poderia ser a mesma pessoa. Naquele tempo, nenhum delegado parava por aqui, é distante demais da capital. Enfim, foi isso, ninguém estabeleceu qualquer ligação, exceto eu e o padre Eduardo.

— E como está a sua filha hoje?

— Está bem, o tratamento precoce trouxe excelentes resultados. É uma menina inteligente, adora desenhar. Está evoluindo na escola, embora num ritmo diferente das outras crianças. O problema maior são os pesadelos, que ela tem desde pequena. Para ser mais exata, desde o episódio na beira do rio.

Márcio colheu mais algumas informações, depois agradeceu e se retirou. No caminho de volta, lamentou, em seu íntimo, as falhas na investigação. Pensou no enorme quantitativo de casos sem desfecho efetivo, nos inúmeros criminosos impunes por insuficiência de esforço ou, até mesmo, de raciocínio lógico. Mas lembrou também que aquele caso e aquele lugar não obedeciam à lógica, e achou melhor relevar.

Na longa reta da estrada que beirava o rio, sentiu um frio na espinha e um sopro gelado no ouvido e no rosto. Estremeceu e acelerou. Tornara-se também supersticioso? Fora contaminado pelas crendices daquela gente? Era só o que lhe faltava!

18

A biblioteca da universidade estava quase vazia àquela hora da manhã. Na verdade, era difícil encontrá-la lotada desde que a internet substituíra as pesquisas físicas, transformando os livros em calhamaços obsoletos para jovens muito bem adaptados à fluidez dos textos *on-line*. Gustavo, contudo, amava aquele espaço amplo e silencioso, adorava respirar aquela atmosfera contaminada pelo aroma dos livros novos e velhos numa saudável mistura que, para ele, sintetizava a essência do conhecimento humano acumulado por gerações.

Não, não era um intelectual. Lembrou-se de um alerta registrado numa antiga biblioteca chinesa que Heloísa mencionou em uma de suas aulas: "Cuidado! O mundo dos livros não tem fim, e a leitura em demasia é enfadonha". Apreciava o hábito adquirido graças a ela, que sempre carregava um livro debaixo do braço e incentivava todos ao seu redor, indicando exemplares adequados à idade, ao gosto e à capacidade intelectual, de forma a não afugentar os mais resistentes nem desestimular os principiantes. Era uma forma de arte, que a dublê de professora e tia desenvolveu junto a amigos e familiares e aprimorou com os alunos. Gustavo sempre acreditou que o gosto pela literatura fora, em boa medida, responsável pela sua aprovação na melhor universidade pública do estado. Mas naquele dia até ele se rendeu à rede, também disponibilizada, óbvio, no ambiente sagrado.

Combinou expressões como morto-vivo, sacrifício, ritual, criança, mas, ao contrário dos filmes de terror nos quais tudo se revelava com facilidade, nada encontrou que se assemelhasse ao fenômeno do Remanso. A bibliotecária se aproximou. Não era a típica senhora de óculos e gola alta de laçarote, mas sim uma jovem de seus 28 anos que se dirigiu a ele com especial atenção.

– Já de volta? Nem me avisou! Não demorou dessa vez.

Gustavo se levantou e cumprimentou a moça com um beijo no rosto.

– Anderson insistiu para que eu concluísse as provas. Só restam duas, acho que resolvo tudo em três dias. Então estarei de férias.

– Vai estudar hoje à noite?

– Só até umas oito horas. Não rendo muito no horário noturno e estou em dia com a matéria.

– Posso passar na sua casa? Faço um escondidinho de costela, uma receita nova que aprendi.

– Combinado, então!

Ela se afastou com a elegância de sempre. Gustavo reparou no jeans levemente rasgado e na camisa acinturada de lese branca. Apreciava a maneira como ela se vestia, jovem e clássica ao mesmo tempo, sem aqueles excessos de fiapos e tachas e manchas que comprometiam o visual.

Seguiu com a pesquisa e, quando já estava prestes a desistir, deparou com um artigo que lhe despertou a atenção. Tratava-se de uma tese de mestrado em Antropologia que abordava um antigo culto sacrificial disseminado na América Latina no século XVIII, cujos seguidores foram intensamente perseguidos pela Igreja e pelos proprietários de terra. Idolatravam entidades associadas à natureza, em especial um deus carregado de ira e glória que habitava as profundezas e tinha o poder de reviver e controlar os mortos. Seu nome era Ablat.

Ficou matutando sobre a origem da palavra, parecia latim. Ablat, ablação. O Mutilador? O Ceifador? Seria uma crença herética introduzida pelos colonizadores? Foi o que lhe pareceu a princípio. E o mais interessante: o mapa de demarcação dos supostos locais de prática do culto indicava, entre outras áreas, uma que parecia abranger o seu torrão natal. Salvou os dados e enviou para Heloísa e Edu. Depois os imprimiu e apostilou, preferia tocar nos documentos para melhor examiná-los.

Revisou a matéria das provas e se viu distraído, pensando no que a noite lhe reservava. O nome dela era Ester e, embora um pouco mais velha, havia se interessado por ele logo na primeira vez em que o vira na biblioteca. Aproximara-se com uma xícara de café e se tornaram amigos. Depois, mais do que isso. Gustavo sabia que, em razão da diferença de idade e por ser funcionária da instituição, jamais teria se aproximado se ela não tivesse tomado a iniciativa. Por sorte, e para sua surpresa, ela tomou. Era bonita, culta e sexy, mas tinha umas manias estranhas, como a de usar óculos com lentes falsas para realçar sua aura de intelectualidade. Ensinou-o a se movimentar no ambiente acadêmico e a estabelecer uma boa relação com colegas e professores, orientações certeiras que, somadas à dedicação do rapaz, logo lhe renderam um espaço como monitor a despeito da timidez crônica.

Conversavam sobre tudo, mas ele nunca tivera coragem de detalhar os estranhos acontecimentos que permeavam sua história. Ela sabia, por alto, do desaparecimento de sua irmã caçula e, nas poucas vezes em que abordou o assunto, o fez com delicadeza extrema.

Para Gustavo, era um bálsamo esse relacionamento isento das questões que o enredavam desde a infância. A fazenda, a família e até mesmo Juliana, ainda que por pouco tempo, ficavam fora dos seus pensamentos e das suas lembranças. Foi assim que desenvolveu, junto à sensível e urbana Ester, um território neutro. Em parte porque temia que ela o julgasse louco; mas também para preservar um nicho de normalidade, fundamental à integridade de sua psique.

19

De volta à delegacia, Márcio teve a feliz ideia de chamar o detetive mais antigo para conversar. Achava importante colher as impressões de um contemporâneo do casal Cardoso, alguém que vivenciara os fatos marcantes do passado do vilarejo. Um profissional atento poderia acrescentar elementos neutros que a narrativa emocional dos envolvidos não costuma disponibilizar, e até eventuais dados técnicos que a perícia da época não era capaz de revelar.

O detetive Aldair pediu licença e entrou no gabinete. Era um homem magro que havia criado, à custa de muita cerveja e tira-gosto, uma perniciosa barriga que se projetava incomodamente à frente do corpo. Careca, tinha o inacreditável costume de trespassar os longos fios grisalhos, que ainda persistiam na lateral, sobre a parte superior da cabeça. Usava uma camisa estampada estilo Miami. Era uma figura exótica, pensou o delegado, mas possuía olhos cinzentos e perspicazes. Menos mal!

Márcio ofereceu a cadeira ao detetive, que se acomodou sem pressa. Fixou os olhos na figura com as pernas cruzadas e pensou que toda repartição pública, em especial as delegacias, guarda pelo menos um exemplar dessa espécie de profissional: boa praça, cético, jocoso e, no mais das vezes, politicamente incorreto. Pouco valorizado pelos mais jovens, revela-se, na primeira oportunidade, um arcabouço de informações extremamente úteis. Depois de filtradas, é claro. Estava com sorte!

Aldair também observava o chefe que, perdido em suas elucubrações, por um momento pareceu ter abstraído a presença do servidor. Márcio percebeu e retomou seu objetivo.

— Então, Aldair, você é o policial mais antigo daqui. Ainda não tivemos muito contato. Preciso da sua experiência nesse caso.

— Estou à sua disposição. Em que posso ajudar?

— Não estranhe o que vou pedir e, por favor, não me faça perguntas que por ora não posso responder. Preciso que volte ao passado e busque na memória toda e qualquer informação sobre a família Cardoso. Você acompanhou as investigações, não é mesmo?

— Sim, acompanhei de perto e não preciso me esforçar para lembrar. Minha memória é muito boa e aqueles fatos nunca me saíram da cabeça. Parece que foi ontem.

— Bom saber!

— Também não estranho em nada o seu interesse pelo passado da família. Não sou cego e, embora não consiga estabelecer o nexo com os fatos de agora, sinto que essas histórias estão interligadas. Veja bem, eu disse que sinto! Não tenho nenhuma explicação racional, por isso prefiro não comentar com os colegas. Dirão que estou maluco!

— Acho que estamos nos entendendo. Então pode começar a falar, tenho todo o tempo do mundo.

— Vejamos por onde começo... Acho que pelo fim. Fui eu quem tirou o corpo daquela mulher da água. Vou te contar, ela era um espanto de linda! Aparecia pouco na cidade, mas o suficiente para despertar muitas fantasias. Sabe como são os homens daqui, e me incluo entre eles. Era a moça mais bonita de toda a região, mas ficou ainda mais linda na maturidade, para surpresa geral. Porque a vida não foi nada fácil para ela. – O olhar do detetive se perdeu por alguns instantes, como se retornasse ao passado. E então ele continuou: – Sabe, tem coisa que dinheiro nenhum paga. Desperdício. Tivesse casado com um pobretão da vila, qualquer um dos seus muitos fãs, e se sairia melhor. Enfim, cada um com suas escolhas. A menina parece demais com a mãe. Como falam por aqui, é a mãe "cuspida e escarrada". Não tivesse nascido dela própria, diria que é a mãe reencarnada.

— E o cunhado? Também foi você quem retirou o corpo?

— Não, foi outra equipe de resgate, não dava para fazer as duas coisas. O corpo dele estava preso às ferragens, foi um processo demorado. Achei até bom não participar. Fiquei meio azedo, já estava correndo a fofoca de um suposto caso entre os dois, sabe como é, o povo não perdoa. Acho que o marido mesmo andou insinuando isso quando ficava bêbado, um escroto que desmoralizava a própria mulher. Depois, analisando o conjunto da obra, cheguei à conclusão de que era tudo loucura da cabeça dele. Aquele sujeito era mau, e não só com a família. Corriam histórias de que estava envolvido em crimes ambientais. Extração ilegal de madeira, roubo de gado, tudo o que o senhor imaginar. Botou fora a fortuna da família e começou a apelar. Por isso acharam que ele teve ajuda para desaparecer, muitos interesses envolvidos, gente barra pesada.

— E os quatro jovens? Do que se recorda?

— Bom, o que dizer? O padreco levou um tiro, ficou internado e só foi ouvido dias depois. Foi o depoimento mais tranquilo. Os gêmeos estavam na adrenalina, ela mais consciente e um tanto orgulhosa do feito, ele muito assustado. Sempre foi estranho aquele rapaz.

— E o garoto Cardoso?

— Ah, o filho. É, esse sim. Esse estava completamente transtornado, em choque, eu diria. Também, não era para menos. Teve que ser internado numa clínica psiquiátrica. Ficou lá por umas boas semanas. Precisamos de autorização judicial para a oitiva. Estava à base de medicamentos, muito prostrado, triste de se ver. Diziam que era muito apegado à mãe.

— Fale um pouco da família, dos avós...

— Bom, o avô eu conheci, a avó só de vista. Foi um dos maiores produtores de café do estado. Depois migrou para a pecuária, como quase toda a região. Era um cara cordial em público. Ao contrário do filho, ele disfarçava bem, mas tinha fama de tratar os empregados com mãos de ferro. Há relatos até de espancamentos na fazenda, castigos físicos, como faziam com os escravos antigamente. Acho que via a mulher como sua propriedade também, ela era uma figura meio apagada, arredia. Tinha grandes expectativas em relação ao filho mais velho, achava que seria um grande administrador, um homem à frente do seu tempo, viajado etc. Ledo engano! Mas o garoto até que está se saindo bem, o que é um espanto depois de tudo o que passou. A verdade é que há um mistério envolvendo essa gente.

— Diga o que sabe sobre isso.

— Minha mãe contava muitas histórias. Dizia que aquelas terras eram amaldiçoadas e que todos lá estavam marcados.

— Mas essa conversa vem desde quando? — Márcio quis saber.

— Ih, desde tempos muito antigos! Tinha uma história cabeluda do bisavô ou tataravô deles, sei lá, envolvendo um incesto. Naquela época, isso aqui era uma roça só, as famílias ficavam isoladas, sabe como é. Isso era mais comum do que se imagina. Enfim, parece que o avô afogou duas crianças no Remanso, convencido por um fanático religioso de que eram filhos do diabo e trariam má sorte. Só uma sobreviveu e deu origem a esse núcleo familiar. Mas não é só isso.

— Tem mais?

— Sim. Minha mãe contava porque ouviu da mãe dela, que também ouviu da mãe, que essa não foi a primeira desgraça a se abater sobre a família. Eram muitos os casos de loucura, suicídios, sumiços, mortes súbitas de jovens. É que não havia registro. Naquele tempo, as pessoas nem tinham certidão de nascimento! Fazer o quê? Animais que geravam filhotes híbridos ou deformados, membros a mais ou a menos, tudo aparecia por lá, toda espécie de aberração.

Tipo um bezerro com cara de cão, já ouviu falar? Isso não é só lenda rural, não. Pelo menos era o que minha avó acreditava. Coisa do Tinhoso, ela dizia. Se sobrevivesse, eles sacrificavam.

Parou seu relato para tomar fôlego e então continuou:

— Mas tem um caso que não esqueço! Minha bisavó era noiva e tinha uma amiga inseparável. Os sítios eram distantes, por isso o noivo costumava passar na casa da amiga e seguir com ela a cavalo até a casa da bisa. Parece que um irmão da minha bisavó gostava dessa moça e pretendia oficializar o namoro. Naquele tempo era assim, tinha que oficializar logo. Pois bem, esses dois costumavam cortar caminho pela propriedade dos Cardoso, que não tinha as mesmas divisas de hoje e nem era tão grande; essa família enriqueceu muito. Em uma noite de sexta, era festa de São João e eles não chegavam. A família da minha bisa ficou preocupada.

Interrompeu para tomar um gole de água, e então prosseguiu:

— Na manhã seguinte, souberam que o noivo tinha saído para a festa e não tinha voltado. Os pais dele não se preocuparam a princípio, acharam que ele havia decidido pernoitar por causa do mau tempo. Procuraram aqueles dois por vários dias, mas as buscas não deram em nada. O noivo desapareceu sem deixar vestígios, e a amiga também. É claro que surgiram boatos de que tinham fugido juntos, esse povo adora uma fofoca, imagine naquela época. Mas minha bisavó nunca acreditou. Pois bem, alguns meses depois meu bisavô já fazia a corte, mas ela o rejeitava. E só aceitou se casar com ele quatro anos depois, quando os dois corpos apareceram boiando no Remanso, estranhamente conservados, vestidos com as mesmas roupas da noite da festa.

Márcio sentiu um arrepio lhe percorrer toda a espinha até chegar à nuca, eriçando os fios do cabelo.

O detetive o observou por alguns segundos e depois concluiu:

— Coincidência estranha, não acha? A única diferença é que não eram meninas, como agora...

— Mas essa história não envolve diretamente a família Cardoso, não é?

— Não, mas envolve aquele lugar. E, afinal, os desaparecimentos recentes também não envolvem a família Cardoso, certo? Ou estou enganado?

O delegado fitou os olhos espertos do homem enquanto respondia:

— Ainda não sei. Mas espero descobrir, com a sua ajuda.

20

No pequeno apartamento de estudante, Gustavo aguardava a chegada de Ester. Ajeitou tudo da melhor maneira. Não teve muito tempo para a limpeza, mas se gabava de ser organizado. O lugar escolhido por ele era simples, apesar da insistência de Anderson para que alugasse algo mais confortável. Não gostava de abusar, só aceitava o suficiente para se manter. Sabia dos esforços despendidos pelo amigo, durante longos anos, para salvar a propriedade das dívidas contraídas pelo pai.

Evitava pensar em Juliana, mas sua mente aportava nela sempre que divagava. Por isso se mantinha ocupado o tempo todo. Era sua estratégia para lidar com o sentimento nada fraterno que nutria pela menina, criada como uma espécie de irmã mais nova.

A campainha tocou e ele se levantou para abrir a porta. De pé na soleira, Ester sorria com a cabeça meio de lado, os cabelos loiros com luzes caindo no ombro. Usava jeans escuros, botina marrom e camisa cáqui. Estava muito bonita, como sempre. Trazia numa das mãos uma garrafa de vinho tinto e, na outra, uma sacola de pães.

— Desistiu do escondidinho? — Gustavo quis saber.

— Sim, fiquei com preguiça.

— Tudo bem, podemos pedir uma pizza. Não tenho quase nada na geladeira.

— Não precisa, trouxe pãezinhos e patê.

Sentaram-se à pequena mesa redonda no canto da sala. Bebericaram o vinho e conversaram sobre o trabalho dela, sobre os estudos dele, sobre filmes e, é claro, sobre livros. Gustavo apreciava aquelas conversas triviais, sentia-se à vontade como se a conhecesse há anos. Gostava dela de uma forma carinhosa e tranquila. Aqueles encontros aplacavam sua angústia.

Sem mencionar o motivo específico, alegando mera curiosidade, comentou sobre a pesquisa a respeito dos cultos antigos. Mostrou o material, ela se interessou e ficou de ajudar na busca. Revelou que na biblioteca havia uma série de livros que abordavam esses temas. Eram guardados numa área pouco exposta devido à procura insignificante, e também ao fato de exibirem imagens consideradas chocantes para a moral cristã, o que ela achava uma bobagem. Aquilo era uma universidade, não uma escola fundamental. Mas eram tempos obscuros, fazer o quê?

Passaram a noite no apartamento e, na manhã seguinte, seguiram ambos para a universidade no carro da moça. Gustavo foi fazer a prova de segunda chamada e ela se dirigiu à biblioteca. Combinaram almoçar juntos e se encontraram no restaurante por volta das treze horas. Ester carregava uma pasta de couro contendo cópias de páginas de livros antigos, resultado parcial do trabalho iniciado naquela manhã.

— Hoje estava tudo calmo, pude pesquisar bastante. Mas ainda tenho muita coisa para analisar, o que eu trouxe é só uma amostra.

Espalhou pela mesa umas dez folhas e começou a apontar as imagens, explicando ao atônito rapaz o que significava cada uma delas. Estava orgulhosa de seu feito. Costumava brincar dizendo que não havia nada já escrito que não fosse capaz de encontrar.

As figuras expostas eram realmente assustadoras. Representavam Ablat como um deus raivoso e violento, corpo arqueado, mãos em forma de garra, olhos injetados de sangue, sugando a vida de homens, mulheres e, especialmente, crianças, seu alimento favorito. Os humanos retratados estampavam na face um terror imensurável, como se a alma lhes fosse arrancada violentamente; e no corpo uma inércia avassaladora. Assim eram descritos os ataques cruéis desse deus da morte: submetidas a uma espécie de hipnose, suas vítimas não conseguiam reagir, como numa paralisia do sono.

Essa entidade maligna costumava eleger prepostos, criaturas que já possuíam o mal em suas entranhas e das quais ela se apoderava, antes ou depois da morte, para realizar seus horrores. A maldade atraindo a maldade, esse parecia ser o mecanismo.

Ester explicou que, de acordo com um dos textos, a forma atribuída a essa poderosa deidade se confundia com a de seus eleitos porque, de fato, nenhum ser humano fora capaz de vislumbrá-la e sobreviver para contar, ou pelo menos manter a sanidade para prestar um depoimento confiável.

Gustavo encarava, fascinado, o material, e um detalhe chamou sua atenção: todas as imagens retratavam, em segundo plano, um lago, açude ou assemelhado. Um texto pequeno sob uma das figuras destacava a ligação desse ser com a água parada, perto da qual sempre estabelecia sua morada, permanecendo por décadas ou séculos porque, para ele, o tempo possuía outra dimensão. Ele também carregava uma espécie de maldição, a de permanecer estagnado, eternamente preso à podridão. Um deus proscrito, condenado ao submundo e destinado a disseminar sofrimento e dor, mas ainda assim muito poderoso.

—Você chegou a alguma conclusão sobre a origem dessa coisa, ou sobre como destruí-la? – Indagou o rapaz.

Ela estranhou um pouco a pergunta, mas ficou lisonjeada com o interesse crescente dele.

— A origem parece ser cósmica. Essa coisa teria aportado na Terra há milênios, não se sabe como ou por que nos escolheu. Quanto a destruir, acho improvável. Ele é um deus, e deuses não morrem.

— Sei lá, talvez ele possa ser combatido ou afastado...

— Não encontrei nada nesse sentido. Os textos são fascinantes, mas bastante vagos. Aliás, como quase todos os escritos desse tipo. Você sabe, a mitologia é assim. A capacidade de criar lendas tem um limite. Mas vou continuar procurando.

Despediram-se ali mesmo porque Gustavo faria a última prova na manhã seguinte. Combinaram almoçar juntos novamente, mas a moça não apareceu. Gustavo tentou ligar, mas o celular dava fora de área. Imaginou que poderia ter ocorrido algum imprevisto no trabalho, uma reunião de última hora. Isso não era incomum, talvez estivesse impossibilitada de atender. Decidiu esperar até mais tarde, ela iria ao apartamento, sabia que ele viajaria para a fazenda na noite seguinte. Mas ela não foi e todas as ligações caíram na caixa postal.

Gustavo foi à biblioteca na manhã seguinte e buscou a moça com os olhos, mas só viu o estagiário. Estranhou, ela detestava faltar ao trabalho. Perguntou ao rapaz e qual não foi a sua surpresa ao ser informado de que Ester havia sofrido um acidente, caíra da escada que dava acesso às prateleiras mais altas. Queda feia, fratura exposta na perna, lesão séria no ombro, escoriações por todo o corpo. O estagiário parecia disposto a fornecer todos os detalhes sórdidos do estranho evento, cujo resultado fora grave demais para uma altura mediana. Mas Gustavo já não escutava. Mirava o lago sereno que se projetava diante das duas grandes janelas da biblioteca.

Na madrugada, recostado na poltrona do ônibus que o levaria de volta ao distrito, Gustavo não conseguia dormir. Martelavam em sua mente as duras palavras pronunciadas por Ester no hospital.

– O que você não me contou?
– Como assim?
– Isso não é apenas uma pesquisa. No que você está metido?
– Não posso falar sobre isso. Não posso envolver mais ninguém.
– É? Mas eu já fui envolvida, e entrei nessa às cegas.
– Do que você está falando?
– Eu não caí, idiota! Eu fui derrubada. Alguma coisa se aproximou de mim no alto da escada, bafejou no meu rosto, me tocou e me fez perder o equilíbrio. Tenho certeza de que isso tem a ver com você e sua pesquisa dos infernos. – Ele a encarou, boquiaberto, e então ela prosseguiu: – Como se não bastasse o fato de que você, claramente, tem outra pessoa na cabeça o tempo todo. Pensa que sou criança? Que não percebi?
– Sinto muito, muito mesmo, por isso! Agora, mais do que nunca, tenho certeza de que você ficará melhor se não souber de nada.
– Então suma daqui! Não quero te ver nunca mais!

Mais do que a raiva e a mágoa, Gustavo ficou chocado com a intensidade do medo naquele belo rosto. Abaixou a cabeça e saiu do quarto, certo de que não mais a veria.

21

O detetive guiava o veículo oficial enquanto Márcio Fonseca, sentado no banco do carona, admirava a beleza da Cardoso. Nunca em toda a sua vida conhecera uma propriedade com tamanha abundância em água. Além do Rio das Dores havia córregos, açudes e lagos a perder de vista. E, é claro, o belo e misterioso remanso, mais próximo da vila que da sede, a ciciar convites malevolentes nos ouvidos dos ingênuos visitantes. Comentou com Aldair sobre essa peculiaridade e foi contemplado com uma série de esclarecimentos.

— É verdade, a fazenda já figurou numa famosa revista agropecuária como a mais valiosa de todo o estado e uma das mais valiosas da região sudeste. Essa fartura hídrica foi uma das razões. Mas isso foi nos tempos áureos da família, antes dessa desgraceira toda.

— Tinha ainda mais água por aqui?

— Na verdade, não. Creio que agora tem até mais, porque o filho passou a proteger a mata e preservar as nascentes, coisa que o pai e o avô não faziam. Só que, antigamente, terra era sinônimo de riqueza e poder. Hoje em dia, se o dono não tiver uma visão empresarial, é sinônimo de despesa e aborrecimento.

Passaram direto pela sede e tomaram a estrada de terra que levava ao afastado sítio dos Santos. Anderson já estava informado daquela visita.

Foram recebidos pela Sra. Gilmara Santos, que os acomodou nas cadeiras da varanda e chamou o marido. Em seguida trouxe uma bandeja com um delicioso café e pequenos bolinhos de chuva, que Márcio experimentou com gosto e Aldair comeu com voracidade. A mulher retomou seus afazeres enquanto o marido permaneceu com eles.

O delegado imaginou que o casal deveria estar perto dos cinquenta anos, embora aparentasse mais, em parte pelo desgaste da dura vida no campo, em parte pela tristeza que transparecia nos rostos cansados. Não seria fácil a conversa em um momento como aquele. Precisaria agir com tato.

— Então, Sr. Álvaro, antes de qualquer coisa, queremos prestar nossos sentimentos à sua família diante da recente revelação. Pensamos muito antes de vir procurá-lo nesse momento tão delicado, mas era necessário.

— Não se preocupe, delegado. Essa dor já vem de muitos anos. A gente se acostuma com tudo, até com a dor. Depois de um tempo, é quase como se ela passasse a fazer parte da gente. Como se fosse um pedaço mesmo da gente e não pudesse ser arrancada sem nos matar.

— Contei para o delegado que o senhor trabalhou diretamente com o José Ronaldo Cardoso. Que era um dos empregados que mais lidava com ele — o detetive falou.

— Sim, é verdade. Mas eu não entendo o que isso tem a ver com os fatos. A não ser que vocês estejam se fiando nas conversas desse povo.

— Que conversas?

— Ora, vocês sabem. As conversas que correm por aí, de que o fantasma do Naldo é que está matando as crianças. Coisa dessa gente maluca do distrito. Se forem atrás, vão ficar malucos também. Não é à toa que o pessoal da cidade tem medo da gente daqui, até disco voador aparece! Minha família sempre morou por estas bandas e sempre ouviu falar de defunto vagando por aí, criando problema nesse mundo, em vez de seguir seu destino. Mas a verdade é que este é um lugar bruto, onde coisas ruins acontecem. Eu mesmo perdi um sobrinho num acidente estúpido com um trator, perto do rio. O Chico, sabe? O mesmo que viu o Naldo mexendo no carro do irmão.

O detetive olhou sugestivamente para o delegado, que prosseguiu:

— E o senhor, pelo jeito, não acredita em nada disso... — O delegado meio que perguntou, meio que afirmou.

— Para mim é tudo crendice. Mas acho que meu filho também passou a acreditar.

— Bem, Sr. Álvaro, acreditando ou não, precisamos investigar. O que o senhor pode me contar sobre a época em que trabalhou para o José Ronaldo? O que o senhor fazia?

— Bom, eu era uma espécie de capataz, que organizava e vigiava o trabalho dos outros. Sempre tem que ter um numa fazenda, senão as coisas não funcionam. Na roça, as pessoas são meio lentas, gostam de folgar, faz parte. Mas hoje está pior, estão sempre querendo ir embora para a cidade, ninguém para mais no serviço. Aqui nem tanto agora, por conta do moço e do jeito que trata os empregados. Mesmo assim acontece.

— Como era lidar com o José Ronaldo?

— Bom, fácil não era. Muitos empregados tinham raiva dele. Mas ele gostava do meu trabalho e me tratava bem. Tinha seus defeitos, mas não era essa peste que falam hoje.

Aldair revirou os olhos.

— Essa é a prova viva de que ninguém consegue ser unanimidade!

Ignorando a ironia do detetive, o homem se perdeu em suas lembranças.

— Acho que não conseguiu ser tudo o que esperavam dele. O pai não aprovava as confusões que ele arranjava, sempre metido com putas e malandros. Via aquilo como um sinal de fraqueza, via que Naldo estava se degenerando. Mas o Honório estava ficando velho, amolecendo, já não conseguia controlar o filho. Eu mesmo vi o Naldo crescer para cima dele umas duas vezes, avançar mesmo, era um touro de forte. Acho que o pai percebeu o brilho da loucura nos olhos dele, se encolheu. Passou a sentir vergonha, era um homem orgulhoso. Gostava muito do neto e da nora, mas o Naldo tinha um ciúme danado daquela mulher. Ela era bonita mesmo, mas também era esquisita, parecia estar sempre em outro mundo. Então ele bebia, exagerava demais. Os pais morreram, o irmão voltou e depois nasceu a menina. Ele estava mudado, acho que enlouqueceu, foi isso.

— E essa conversa de que ele se meteu em atividades ilegais?

— É, teve isso também, mas foi depois que as coisas desandaram na fazenda, antes não. Perdeu muito dinheiro, devia para os bancos, não estava dando conta. Mas disso eu não participei, embora tenha fechado os olhos para muitas coisas que vi por aqui. Mas não, isso era com outra turma, uma gente que vinha de fora, com caminhões, sempre à noite.

– Furto de gado?

– Isso, e também madeira.

– O senhor acredita que o Naldo teve o apoio dessas pessoas para fugir?

– Com certeza, delas e de outros fazendeiros que também estavam enrolados nisso. Não iam deixar ele cair na mão da polícia e abrir o bico. Nunca mais deu sinal de vida, acho que foi morto depois. Queima de arquivo, sabe como é. Fez muita besteira, chamou muito a atenção. Tudo o que essa gente não quer.

– E o irmão, como era?

– Era muito educado, muito fino, bem diferente do outro. Mas eu achava meio estranho ele ficar colado na cunhada e no sobrinho o tempo todo, o irmão mal conseguia disfarçar a raiva. Dizia que Maximiliano era um enganador, que só tinha voltado porque queria vender a fazenda, e isso era o mesmo que a morte para o Naldo, ele tinha paixão por essas terras. Também contava que Max tinha se dado bem na vida porque passou a rasteira num sócio do escritório. E que chegou a se casar uma vez, mas durou pouco porque traía a mulher. Isso era o que o Naldo dizia, assim por alto. Se era verdade, não posso afirmar, mas também não duvido. Está no sangue deles!

– É, temos uma novidade! – Exclamou Aldair, que tampouco simpatizava com o outro Cardoso.

– E como vocês se relacionam hoje com a família? – Quis saber o delegado.

– Depois que tudo aconteceu, ainda fiquei um tempo ajudando o garoto na fazenda. Mas sabem como é, sou da velha guarda, ele não gostava do meu jeito. Quando Mariana desapareceu, me afastei de vez da sede e fiquei só como meeiro aqui no sítio. Por mim, teria ido embora, como fez a família da outra garotinha. Recomeçar, sabe? Em outro lugar. Agora já estamos velhos para isso. E, também, de que iria adiantar? A gente se carrega junto quando parte.

— Entendo.

— Olha, uma coisa dessas muda a família. Eu e minha esposa nunca mais conseguimos olhar um para o outro do mesmo jeito. Ela não quis partir, acho que sempre esperou pela volta da menina. Passava horas olhando para o quintal onde ela desapareceu. E também tinha o Gustavo.

— O que tem ele?

— Ele se culpava, e minha esposa não ajudou muito. Cada um reage como pode, sobrevive como pode. Ela não conseguiu mais cuidar dele, perdeu as forças. Acho que só via a filha quando olhava para ele, Mariana adorava o irmão. Cheguei a levá-la no postinho do distrito, na psicóloga, mas depois ela não quis mais e eu não insisti. A verdade é que minha mulher adoeceu de uma doença da alma. E o Gustavo só tinha 10 anos. Então, perdeu a irmã e a mãe. E se aproximou da família na sede. Foi aos poucos, brincava com a menina, que sempre foi muito sozinha. Acho que via a irmã nela. O Anderson se apegou a ele e, no final, estava morando mais lá do que cá. Não se sentia bem aqui. Acho que não se sentia bem em lugar nenhum, mas aqui era pior. Não posso dizer que fiquei feliz, tem muita coisa esquisita por lá. E aquela índia bruxa, sabe? Não confio nela. Mas aqui era pior, então deixei quieto e as coisas foram acontecendo.

Parou para puxar o ar e continuou:

— Mas ele não tem culpa de nada, era apenas uma criança cuidando de outra criança. Coisa que não devia acontecer, porque a obrigação de cuidar dos filhos é da mãe e do pai, certo? Mas acontece o tempo todo. A gente sempre ocupado com o trabalho, Mariana ficava com o irmão quase o dia inteiro.

— Posso imaginar como foi difícil para o senhor.
— Não, não pode. Só um pai que vê a sombra crescendo no filho é capaz de entender. A culpa nele, a raiva nele... O senhor tem filhos?
— Não tenho.
— Então, não tem como saber.

22

Na fazenda, Heloísa e Felipe pelejavam nas buscas por maiores informações a partir do material enviado por Gustavo. Aquele deus pagão também tinha o costume de expor o corpo de suas vítimas, embora não fosse tão seletivo na escolha. A premissa de que Naldo se tornara um de seus asseclas explicaria a fixação na família Cardoso e a preferência por meninas. Porque, segundo os textos antigos, a criatura renascida sob o domínio de Ablat mantinha parte de sua consciência e memória, só que integrada à do mestre.

Eduardo analisava todos os resultados, comparando os dados com aqueles colhidos em velhos manuscritos da Igreja. Não eram muito esclarecedores. Na verdade, eram bem truncados, embora boa parte das ilustrações e da escrita revelasse o belíssimo e minucioso trabalho dos monges copistas, confinados nos mosteiros medievais. A resposta teria que estar ali. Afinal, alguém precisava retratar o diabo e fornecer material para respaldar e legitimar os atos dos inquisidores.

Encontrou referências a um demônio milenar que habitava áreas próximas de bosques e lagos e que roubava a alma de suas vítimas, de preferência bebês e crianças. O nome Ablat aparecia em dois desses textos, que cuidavam de cultos heréticos e fenômenos sobrenaturais da Península Ibérica. Um deles, em especial, chamou a atenção por retratar uma tétrica criatura se desintegrando após ser atingida por uma espécie de adaga, mas o padre enfrentou dificuldade na tradução da extravagante mescla de línguas perdidas que acompanhava a imagem.

— Nunca ouvi esse nome, nem mesmo nos cursos que frequentei em Roma, e olha que vi e ouvi muita coisa. Remete a uma entidade muito antiga, provavelmente esquecida nos últimos séculos. E Ablat nem deve ser o nome original, com certeza foi europeizado. Isso pertence à época em que os rituais pagãos predominavam na Europa, antes da expansão do cristianismo. Mas aqui, na América do Sul? Acho muito estranho.

— Estranho é ouvir falar de coisas positivas trazidas pelo colonizador — foi Heloísa quem respondeu. — Herança maldita é muito comum. Essa coisa deve ter vindo agregada a alguém, ou a alguma caravela portuguesa ou espanhola. Ou migrou sozinha mesmo, já que é uma entidade cósmica e não deve precisar de transporte. Vai ver a Inquisição estava dando cabo dos seus seguidores na Europa, e ela achou por bem dar um tempo aqui no Novo Mundo, onde pegavam mais leve.

À noitinha estavam todos reunidos na grande sala de jantar, inclusive Gustavo e Diogo, que retornaram à fazenda na véspera.

— Então o cara é a noiva do Drácula? — Indagou Diogo, arrancando algumas risadas do grupo.

— Bom, isso explicaria as narrativas recorrentes de malefícios nesta região, antes mesmo da existência de Naldo. Por outro lado, nos coloca na iminência de enfrentar um deus! — Comentou o padre.

— Ou não! — Completou Felipe.

As atenções se voltaram para ele.

— Chegamos a uma conclusão hoje enquanto procurávamos informações. É melhor o Eduardo explicar.

— Vejam bem, essa entidade, essa coisa, ou seja lá o que for, está aí há centenas de anos. Se durante todo esse tempo vem sendo uma influência maligna para estas terras, paciência. Nosso problema imediato é com o subordinado, não com o chefe. É ele que está mirando esta família, porque estendeu para a nova vida (ou morte, sei lá) o ódio que nutria. E isso é bom para nós. Porque se, em tese, não é possível destruir Ablat, o mesmo não se pode dizer do seu assecla.

– Além disso – Heloísa complementou –, encontramos nos manuscritos elementos que indicam que, quando as coisas começam a dar errado, quando seus planos encontram sérios obstáculos, essa deidade costuma migrar para outro lugar, outro país ou planeta. Por conta disso, deve ter vindo parar aqui. Ousamos elucubrar que ficou, digamos, incomodada com a pressão da Inquisição sobre os seus seguidores, acusados de heresia. Parece que, nestas terras, voltou a ser reverenciada, até que o cristianismo se estabeleceu e seu culto foi mais uma vez reprimido.

– Então qual é a sugestão? – Anderson indagou.

Eduardo tinha a resposta.

– Destruímos o Naldo e nos posicionamos como os defensores do bem nesta comunidade. Como os defensores da integridade e da luz. E então torcemos para que seja o suficiente.

– O suficiente para quê?

– Para afugentar Ablat. Para fazê-lo partir e exercitar seu terror em outra galáxia, de preferência.

Disse isso ladeado por Heloísa e Felipe, num claro sinal de que sua proposta já tinha o apoio dos gêmeos.

– Acho que vocês estão delirando...

– Nem tanto! – Eduardo respondeu. – Veja bem, já temos a fama, somos os Quatro do Remanso, os jovens que derrotaram o mal no passado. Você conhece a repercussão que esse fato teve, e ainda tem, no imaginário popular. Temos o Estado do nosso lado, na figura do delegado Márcio. Temos o apoio da Igreja. E ele, o que tem? Quem o cultua? Quem o exalta? Remanescente de um remoto passado de glória, reduzido à convocação de soldados que, por sua própria natureza, já se afinavam com a maldade. Nem chega a ser uma conquista. É muito pouco para um deus.

— Nossa! Falou bonito, hein, padre? Como é que é? "Remanescente de um remoto passado de glória". Caraca! — Brincou Diogo.

— É, decorei! — Respondeu Eduardo, rindo. Já conhecia o imbatível senso de humor do amigo.

— O que pretendo deixar claro é que não estamos sozinhos, como é comum em situações que envolvem o sobrenatural. Porque, na maioria dos casos, ninguém acredita. Mas nós podemos contar com o apoio de forças que, direta ou indiretamente, já o enfrentaram em outras ocasiões.

— Supondo que isso seja viável, como faremos para destruir o soldado? — Gustavo interveio. Tinha dificuldade para pronunciar o nome, como muitos dos reunidos naquela sala.

— Aí já é outra história. Temos uma hipótese que revelaremos em breve, assim que decifrarmos os enigmas em latim arcaico e etrusco que, acreditamos, contêm a resposta à sua pergunta. Dois padres de Roma, amigos meus e especialistas em línguas antigas, já estão trabalhando nisso.

Naquela pálida noite de lua refletida no remanso, em que todos se recolheram agitados pela nova perspectiva e ansiosos pelas próximas revelações, o pior aconteceu.

23

Dinorá levantou cedo e foi para a cozinha preparar o desjejum com o auxílio da jovem que lhe dava suporte quando havia hóspedes. Enquanto a mocinha fez o café e os ovos mexidos, a mulher se dedicou aos sucos de laranja e maracujá, ajeitou na bandeja fatias de queijo branco e presunto, retirou do forno o pão pizza e o biscoito de polvilho. Acomodou em potes as geleias caseiras de frutas e, por último, aqueceu o leite; Juliana gostava dele bem quentinho na mesa. O cheiro do café já impregnava o ar quando a moça, ao entrar na sala para arrumar a mesa, notou que a porta da frente estava semiaberta. Alertou Dinorá, que subiu as escadas num só fôlego e entrou no quarto de Juliana para, em seguida, correr aos berros até os aposentos de Anderson.

– Juliana não está no quarto! Ela sumiu! Sumiu!

Anderson levantou de um pulo, seguido de perto por Heloísa. Foram direto para o quarto da menina e encontraram a cama desfeita e vazia. Correram pelo corredor chamando os amigos, que em poucos minutos reviravam os cômodos da imensa casa colonial conhecida desde a infância. Dinorá acompanhava atônita a frenética movimentação, transformando em lenço para secar as lágrimas o pano de prato que trazia no ombro, ao mesmo tempo que se esforçava para reanimar o cãozinho que mal se sustentava sobre as pernas e parecia ter sido dopado.

Nada. Juliana não estava em lugar nenhum. A porta encostada era um indício mais do que suficiente daquilo que ninguém ousara ainda pronunciar. Foi Eduardo quem reconheceu.

– Ela não está na casa, não adianta mais procurar. Todos os cantos foram revirados, estamos perdendo tempo aqui.

– Mas como ela saiu? Estava tudo trancado e as chaves muito bem escondidas. Será que ele entrou na casa? – As palavras de Anderson saíram num jorro, entrecortadas pelo nervosismo e pelas lágrimas que tentava, em vão, reprimir.

– Não! Entrar na casa ele não entrou! Disso eu tenho certeza! – Asseverou Dinorá.

— Acho que ele, enfim, conseguiu atraí-la para fora, manipulando-a durante o sono. Ela deve ter encontrado a chave ou ele mesmo apontou onde estava. Ainda que não possa entrar, talvez ele possa sentir o que acontece aqui dentro. — Eduardo interveio.

— Então não vamos mais perder tempo. — Heloísa, que parecia estar em choque, enfim se manifestou. — Temos que iniciar as buscas já.

Parecendo recobrar o controle, Anderson apoiou. Organizaram-se em duplas e começaram a procurar nos arredores da casa. Depois seguiram de carro pela estrada que beirava a floresta.

Eduardo ficou incumbido de fazer contato com Márcio Fonseca. Teve que se deslocar até o distrito porque o telefone fixo estava mudo e o celular especialmente ruim. Era normal ter que dar um passeio pelo jardim em busca de sinal. Às vezes também acontecia de o aparelho funcionar num cômodo da casa e no outro não. Mas, naquela manhã, o sinal estava zerado.

— Deus nos guarde, parece até uma interferência dos infernos! — resmungou o sacerdote fazendo o sinal da cruz, a cicatriz no ombro latejando com intensidade ímpar.

A delegacia estava alvoroçada em função de um flagrante de contravenção, um caso de exploração de jogo com várias pessoas detidas. Contudo, bastou ver o rosto aflito do padre para o delegado deixar tudo o que estava fazendo e se dirigir com ele ao gabinete.

— O que aconteceu?

— Juliana desapareceu.

— Como desapareceu?

— Foi dormir e, pela manhã, não estava mais no quarto.

— Ela pode estar andando pela fazenda.

— Não, ela nunca acorda cedo, a não ser que a arranquem da cama. Dinorá deu pela falta dela às sete da manhã e a porta de entrada estava destrancada. Ele a levou, delegado! Ele a atraiu durante o sono, como vem tentando fazer há anos. Agora ele conseguiu! Temos pouco tempo, Anderson e os outros já começaram as buscas. Mas estamos tateando às cegas, precisamos de reforços.

— Nessas situações, o normal seria aguardar algumas horas para ver se ela não reaparece, se não é apenas um mal-entendido ou uma escapada de adolescente. É o procedimento de rotina, mas já sei que o normal não se aplica ao caso. Vou organizar uma equipe imediatamente. Dá para agir bem rápido porque o esquema está montado, não paramos de procurar a menina Isabela. Estão todos de sobreaviso.

— Somos muito gratos. Vou me juntar aos outros, aguardo vocês na fazenda. Achamos que, se ele tem um pouso fixo, deve estar nas proximidades do rio e do remanso. Será o nosso ponto de partida depois de examinarmos toda a área perto da casa.

— Estaremos lá em poucas horas.

E assim foi feito. Ao meio-dia um grupo de quase quarenta pessoas, integrado por policiais, guias profissionais e voluntários, reuniu-se diante da sede da Fazenda Cardoso. Ao lado de Anderson, Márcio dava as coordenadas para iniciar as buscas, montando equipes de quatro ou cinco que tomariam direções distintas.

— Deus do céu, isso já está se transformando num hábito! — Comentou o aturdido delegado com o colega Aldair. Qual não foi sua surpresa ao ver chegar, para se unir ao grupo, ninguém menos que Ângela e a filha.

— Vocês aqui? Enfim uma novidade boa!

Ângela então revelou o episódio do sonho, acrescentando que o evento se repetiu na noite anterior, fazendo-a perceber que não poderia mais se omitir.

24

No escritório da casa, Heloísa e Eduardo examinavam de novo as inscrições antigas, enquanto esperavam o envio das traduções que o padre cuidara de apressar. Demorou um pouco porque a rede estava mais lenta que de costume, mas depois de meia hora o aguardado *e-mail* apitou na caixa e os dois correram para abrir.

A mensagem esclarecia que, devido à urgência, alguma inexatidão poderia comprometer o resultado. Contudo, o teor aproximado das palavras contidas no manuscrito era o seguinte:

"O maldito que habita as profundezas da terra

Nas piores almas lançará sua marca

Seus atos cruéis assombrarão os descrentes

E sua força destruidora instaurará o caos.

O que habita as águas que não se alteram

Junto ao espírito torpe que o acolheu

Pela arma sagrada será combatido

Pelo sangue igual será dizimado.

Só assim o espírito no mundo dos mortos

Seguirá seu destino infernal

E o maldito em nova morada

Sua saga de devastação no Universo".

Logo abaixo do texto o tradutor acrescentou uma espécie de brinde sinistro, ao qual o padre, naquele momento, não dedicou maior atenção.

"Horrenda coisa é cair nas mãos do Deus vivo" (Hb 10.31).

Os dois se debruçaram avidamente sobre o estranho documento. Fixaram-se, como não podia deixar de ser, em duas linhas: "pela arma sagrada será combatido, pelo sangue igual será dizimado". E, em questão de segundos, tudo pareceu se descortinar.

— A arma sagrada! – Exclamou Helô. – Dinorá guarda um punhal antigo, a relíquia que interrompeu o ataque da criatura perto da pedreira. Mas disse que essa arma não era capaz de matá-la.

— Porque estava nas mãos erradas. Somente o sangue igual poderá empunhá-la.

O orgulho pela significativa descoberta logo cedeu lugar ao temor.

— O sangue igual... Anderson... – balbuciou Heloísa. – Ele terá de enfrentá-lo!

E sua voz, repentinamente fraca e entrecortada, soou aos ouvidos de Eduardo como um péssimo agouro. Mas reagiram rápido, não havia tempo para dúvidas.

—Vamos falar com Dinorá.

Encontraram a governanta ajoelhada no quarto da menina num misto de choro e de reza, murmurando baixinho enquanto apalpava um velho amuleto. Heloísa a interrompeu.

— Chega de rezar, Dinorá. É hora de agir, antes que seja tarde.

— Acreditamos que o punhal que você guarda possa ser a arma sagrada indicada nas escrituras – Eduardo interferiu com firmeza. – Como ele veio parar nas suas mãos?

A governanta respirou fundo e respondeu:

— Fiz um juramento em solo sagrado. Nada poderia ser revelado, a não ser que a vida da menina estivesse em risco.

— Bem, então acho que essa é a hora.

Dinorá assentiu com a cabeça. O sofrimento era visível em seu rosto cansado.

— A arma foi entregue a Irene na noite do nascimento de Juliana. Ela saiu do labirinto de pedra com o punhal enrolado na mesma manta da criança. Não sei se sabia o que significava, nem eu mesma sabia ao certo, pelo menos não até hoje. Mas nós duas tínhamos certeza de que era importante e que precisava ficar muito bem guardado. Ali mesmo Irene me entregou o punhal e me fez prometer que jamais contaria nada a ninguém.

— Então você estava presente no nascimento de Juliana? — Perguntou Heloísa.

— Não estava presente. Naquela noite de tempestade, deixei Irene na pedreira e recebi a ordem de só retornar quando a lua brilhasse de novo. Não pensem que não tive dúvidas. Tive muitas, mas ela estava tão segura que me convenceu. Não foi nada fácil, José Ronaldo descontrolado, as equipes de busca, mais duas noites de chuva forte. E eu de bico calado, esperando, morrendo de medo de que alguma coisa ruim tivesse acontecido. Mas aguentei firme até a terceira noite, e aí foi como um milagre, o céu ficou limpo de repente. Não aquele céu pálido da lua cheia no Remanso, nada disso! Uma lua estranha e rosada coloriu a noite, parecia aquele fenômeno da aurora boreal, nunca vi nada igual. Na época, disseram que foi por causa da umidade, mas eu sei que não foi. Aquilo era outra coisa, não tinha explicação científica. Enfim, busquei Irene e a menina. Caminhei com elas até bem perto da casa, mas ela entrou sozinha com a filha. Estava muito tranquila e não queria que o marido me visse.

— Então o mistério continua, mas isso agora não vem ao caso. Vá buscar a arma, por favor, Dinorá. Precisamos examiná-la.

A governanta se dirigiu aos seus aposentos e trouxe o velho embornal. Tirou de seu interior o punhal e o entregou a Eduardo. O Padre olhou, admirado, o artefato antigo e muito bem trabalhado. Não reconheceu o metal, nem os caracteres gravados em baixo-relevo.

— Olha, Helô! Nunca vi nada parecido.

A professora examinou com grande interesse, agora que tinha a oportunidade de atentar para os detalhes.

— Nem eu. Não parecem hieróglifos, nem o alfabeto sumério ou de qualquer outro povo antigo conhecido. E veja esse material esverdeado da lâmina, parecendo um misto de metal e pedra, nada que eu já tenha visto antes. Faria sucesso num leilão de antiguidades.

– Acho que isso pode permanecer com ela por ora, já que até aqui foi a guardiã designada pela própria Irene. Mesmo porque de nada adiantará se não descobrirmos onde ele se esconde – argumentou Eduardo.

– Posso tentar! – Murmurou Dinorá.

– Tentar o quê? – Indagou Heloísa.

– Um feitiço de localização... – falou num murmúrio e com os olhos baixos, como se temesse uma reação negativa. Não era o estilo de Dinorá, estava mesmo abalada.

Os dois interlocutores a fitaram, curiosos.

– Já tentei isso com objetos do José Ronaldo, mas não funcionou. Talvez porque ele não pertença mais a este mundo. Mas, se Juliana está com ele, posso tentar de novo, usando alguma peça de roupa dela também. Talvez funcione! – O rosto de Dinorá estava esperançoso.

– E o que estamos esperando? – Respondeu Eduardo.

– Você é um padre. Isso não é proibido? Não te incomoda? – Indagou provocativa, como quem volta a si. Agora, sim, a velha desbocada de sempre.

– Está me estranhando, Dinorá? Se existe uma coisa que a experiência me ensinou foi a não questionar a crença alheia, nem duvidar do poder do sobrenatural. Vamos logo, daqui a pouco vai anoitecer e as buscas ainda não deram qualquer resultado.

– Só mais uma coisa. Nessa história cada um tem o seu papel, ninguém está aqui por acaso. Eu estou pronta para cumprir o meu e acredito que vocês também. Então, estejam preparados!

Ambos concordaram, embora sem alcançar a plenitude daquele alerta.

A velha pegou uma echarpe de Irene que a garota adorava usar. Depois pensou bem e mudou de ideia, era melhor não misturar as coisas. Deixou a echarpe e pegou uma blusa de malha que Juliana vestira na véspera; ainda guardava o perfume dela, o que era bom. Foi de novo ao seu quarto e voltou com uma camisa de Naldo. Escondera algumas peças, por precaução, quando Anderson ordenara que doassem as roupas do pai.

Seguiram os três para a clareira próxima à pedreira, quando as últimas cores do crepúsculo tingiam o céu. Subiram até o círculo das pedras, onde Dinorá estendeu uma toalha branca bordada e organizou, na direção dos quatro pontos cardeais, uma série de objetos: um caderno velho e encardido, dois jarros, quatro incensários, um isqueiro antigo de mesa, feixes de ervas, pedras, amuletos e até um crucifixo. Eduardo nunca havia chegado a uma conclusão definitiva sobre a religião que ela professava. Parecia uma mistura de elementos indígenas, africanos e cristãos. Alguma coisa próxima à Santeria, cujas práticas e cerimônias não se atrelam a um credo central. Nada que o surpreendesse, tratando-se de crença decorrente do sincretismo.

Por último, ela depositou sobre cada um dos jarros as duas peças de roupa, ajoelhou-se e orou. Levantou e abaixou os braços três vezes e orou novamente, recitando palavras numa língua estranha. Em dado momento, Edu pensou ter ouvido termos em latim espúrio, mas não conseguiu traduzir. Por fim, ela ateou fogo nas peças de roupa que trouxera, gerando uma fumaça azulada que a envolveu totalmente e a lançou num transe profundo, com o corpo retesado e os olhos revirados. Eduardo estava fascinado, enquanto Heloísa manifestava certa impaciência diante daquele exótico ritual.

Dinorá permaneceu assim por longos minutos, até que a fumaça se dispersou e ela recobrou a consciência. Os dois amigos a cercaram, ansiosos. Mesmo atordoada, a mulher conseguiu descrever o lugar de sua visão. Parecia uma caverna, daquele tipo subterrâneo, com bolsões de água em seu interior. Nenhum deles conhecia, não havia nada parecido na região.

— Tente se concentrar, Dinorá. Procure se lembrar de alguma coisa do lado de fora, perto da entrada — Heloísa insistiu.

A mulher fechou os olhos e apertou a cabeça, como se quisesse espremê-la. Mais alguns minutos se passaram.

— A árvore. A árvore gigante, aquela que fica no platô, depois da subida mais íngreme da serra.

— Isso é do lado setentrional da fazenda, na parte mais alta. Nunca procuramos naquela área porque é longe demais do remanso. Mas não tem nenhuma caverna lá.

Ao pronunciar essa frase, Heloísa teve um *insight*: a criança na estrada! O rosto que reconhecera dos jornais, a menina do cabelo curtinho e escuro. A segunda vítima, ou seu espectro, o que quer que fosse. Ela apontara para o norte! Tentara indicar a direção do esconderijo!

— Você está certa, Dinorá! Tem que existir essa caverna! Deve estar muito bem camuflada. Temos que procurar.

25

Ah, o horror!

Deitada numa espécie de leito de pedra, Juliana não conseguia se mover. Enxergava até onde sua visão alcançava, a parte de cima de um lugar muito escuro, parecendo uma caverna. Sentia o cheiro da umidade, percebia a água que brotava no teto e escorria pelas fendas das paredes laterais. Ouvia o barulho do líquido escorrendo, pingando, quase podia ver as estalactites se formando. Percebia, não sabia como, a presença de muita água naquele ambiente, como naquelas cavernas subterrâneas dos filmes de mergulho que sempre terminam mal. Ali estava ela, uma amadora num mergulho nada convencional, sem equipamento, sem guia, sem preparo físico adequado.

Não sentia frio, nem calor. Sentia a camisola encharcada colada no corpo, como se tivesse atravessado a água para chegar até ali. Sentia os fios de seu negro cabelo espalhados sobre o rosto. Sentia o toque hediondo da criatura. Ouvia sua voz gutural murmurando palavras ininteligíveis, das quais só uma conseguira distinguir: Irene.

Sentia o hálito fétido em seu rosto, a boca se aproximando da sua, as forças se esvaindo, a vida sendo absorvida. Tudo o que um dia tivera, ou fora, estava sendo lentamente arrancado. Há quanto tempo estaria ali? Três horas, dez dias, cinco anos? Quanto ainda suportaria?

Ele se aproximava, depois se afastava e voltava a se aproximar, como quem saboreia o momento e adia o prazer. Pensou nas vezes em que se sentiu lisonjeada pela atenção excessiva que sempre merecera. Nas vezes em que se sentiu especial por ser uma eleita, ainda que do mal. Lamentou sua ingenuidade e sua vaidade infantil.

Levou sua mente a outros lugares. Aos espaços pequenos que se ampliavam nos sonhos, ao círculo de proteção de seu nascimento, aos passeios idealizados com a mãe. No estado em que se encontrava, não podia ver a criança no outro extremo da caverna, próxima à água parada. Deixada de lado, largada no chão, agora que ele conquistara o objeto maior do seu desejo.

Lá fora, perto da grande árvore, Anderson e os outros buscavam a caverna desconhecida. Logo se juntaram a eles o delegado Márcio e o detetive Aldair, além de Ângela e a filha.

Anderson chamou o delegado num canto.

— Por que elas vieram? É muito arriscado!

— Eu alertei, mas ela insistiu. Disse que não vai mais se omitir diante de tantas mortes e que a filha pode ajudar. Não sei bem como, mas também já não duvido de nada.

— Bom, não há mais tempo para discussões. Temos que encontrar a entrada, se é que existe. Porque é quase inacreditável que uma caverna tenha permanecido escondida por tanto tempo.

Esquadrinharam cada canto, cada grotão, cada pedaço da mata. Anderson era quem melhor conhecia a área e já estava se desesperando quando Clara se aproximou. Ela, que até então alternara a atenção entre os movimentos do grupo e algum misterioso evento no interior de sua mente, para surpresa de todos, segurou a mão do rapaz e cochichou algo em seu ouvido. Assim de mãos dadas, seguiram por alguns metros na trilha à direita da grande árvore até uma parede de pedra, onde a garota apontou uma minúscula abertura que mal permitia a passagem de um animal silvestre.

Anderson começou a retirar as pedras em volta. Não era um trabalho fácil, pareciam acomodadas há séculos. Os outros vieram logo atrás e passaram a ajudar. Ninguém perguntou nada. Só cavaram e transpiraram, sem descanso, mãos sujas e feridas. Depois de quarenta minutos, já era possível visualizar a parte interna. Mais uma hora de escavação possibilitou o ingresso do grupo na caverna.

26

As lanternas iluminavam uma espécie de labirinto estreito, úmido e sombrio. Anderson descia na frente, ladeado por Ângela e pela filha que, estranhamente, parecia saber onde aquilo ia dar. Eduardo, que vinha na cola deles com os policiais, perguntou a Clara de onde ela conhecia aquele lugar. Ela o fitou com seus olhos claros antes de responder:

– Do meu sonho. – E, como quem busca apoio, olhou para a mãe, que sorriu e aprovou com a cabeça.

Felipe vinha logo atrás com Gustavo, seguido de perto por Heloísa, Diogo e Dinorá. Apesar do perigo iminente, estava mais preocupado em observar o grupo e avaliar a capacidade de cada um para suportar o que talvez estivesse por vir.

Desceram mais, até o primeiro veio de água que passaram a acompanhar, percebendo que estavam no caminho certo. Era muito provável que aquela coisa estivesse onde a água se depositava. Deveria haver um lago subterrâneo ou algo do gênero, ligado ao rio e ao remanso por alguma misteriosa passagem. Entraram num espaço mais largo com uma espécie de poço, mas não havia ninguém lá. Anderson ainda se perguntava como nenhum deles vira ou ouvira falar daquele lugar obscuro, camuflado em suas próprias terras.

Mais uma longa caminhada, mais um corredor estreito. As lanternas começaram a falhar todas ao mesmo tempo, e Felipe caiu de joelhos segurando a cabeça que parecia estourar de dor. Eduardo se aproximou e o abraçou. Colocou a mão sobre sua testa e proferiu uma rápida oração. Ele se acalmou e murmurou algo que só o padre ouviu:

— Percebe a mudança na atmosfera? Não é normal, não é desse mundo. Aqui dentro tempo e espaço têm outra dimensão. Por isso os corpos permanecem conservados. Estamos no habitat dele. No epicentro do mal.

— Estamos perto! — Resumiu o padre para os demais.

Caminharam cerca de cem metros e adentraram uma enorme câmara. Mal conseguiam enxergar, somente duas lanternas funcionavam fracamente. Olharam ao redor, era difícil distinguir qualquer coisa. Havia um lago no fundo à esquerda, cercado por rochas de formato ameaçador. Foi quando Gustavo a viu. Juliana inerte sobre uma grande pedra lisa à direita do lago. Correu para ela, seguido de perto por Heloísa e Diogo. Mas, antes que se aproximasse, alguma coisa o acertou com força descomunal. Atrás estacaram todos, ao ver e ouvir (o barulho ensurdecedor, ampliado pelo eco) o rapaz se chocar violentamente contra a parede da caverna, lançado a uns cinco metros de distância.

E então ele se exibiu em toda a sua empáfia, o Horror do Remanso. O caminhante da mata e das águas doentias. O perseguidor. O nefasto.

– Que merda é essa? – Exclamou o detetive Aldair para um igualmente perplexo Márcio. Será que alguém, algum dia, esteve preparado para a visão do inferno?

Em seguida, instaurou-se o caos. Os incontáveis disparos, efetuados sem dó e com perícia pelos policiais, pareceram debilitá-lo, mas não o detiveram. O padre, munido de terço e Bíblia, proferiu palavras em latim que o desnortearam. Ele se debateu e emitiu grunhidos grotescos, mas não parou. Não era humano para sucumbir aos projéteis, nem possuído para ser exorcizado. Mas também não era imune aos ataques que, como forma de ganhar tempo, aparentavam estar surtindo efeito. Mas ele não tardou a reagir.

Seus braços de regente se movimentaram no ar e a passagem para o corredor desapareceu. Outro movimento de braço e o ambiente foi tomado por um nevoeiro denso que sufocava a garganta e prejudicava a visão. A arapuca estava armada para que todos sucumbissem naquele lugar.

– Isso tudo é uma ilusão – foi Eduardo quem alertou. – Fixem na mente o lugar da passagem, ela ainda está lá. Não se apavorem, é isso que ele quer.

A última palavra mal foi pronunciada e um par de garras apertou sua garganta e ergueu seu corpo como se fosse um brinquedo. Felipe, Diogo e Heloísa correram em seu socorro e foram derrubados. Na confusão, o padre usou as pernas com agilidade e conseguiu se libertar. Ângela e a filha, abraçadas, fitavam aquela figura deformada, os veios negros da face se estufando a cada ataque, o peito emanando uma bruma escura e agourenta. O que era aquilo? De que recôndito imundo saíra aquela criatura?

Anderson não conseguia tirar os olhos de Juliana, não conseguia parar de pensar na melhor maneira de chegar até ela, não conseguia deixar de imaginar se ela ainda estava viva. Por que ela não se mexia, mesmo com todo o tumulto? Não, ela não podia estar morta. Ele não suportaria.

O monstro recuou por um momento, aproximando-se de Juliana, como que a cercando.

– Não encoste nela, covarde desgraçado! – Anderson gritou. – Você não mudou nada, verme!

Ele rodopiou como num balé macabro. Movimentou os braços, se enrolou no manto marrom e desapareceu. Anderson fez um movimento brusco na direção de Juliana, mas foi detido por Felipe.

– É uma armadilha! Ele ainda está lá! Vamos esperar!

E virou-se na direção da irmã.

– Veja se Gustavo está bem!

Heloísa correu na direção do rapaz, aproveitando a trégua. Segurou Gustavo pelos ombros e o sacudiu. Ele soltou um gemido de dor.

– Estou bem, não se preocupe comigo. Só não consigo me mexer.

Ela olhou em volta e, do ângulo em que estava, pôde vê-la. A menina desaparecida. Aproximou-se dela. Estava viva, mas com o pulso muito fraco. *Quanto tempo, meu Deus! Quanto tempo havia permanecido naquele lugar terrível, sozinha! Quantos horrores!*, lamentou em seu íntimo. Abraçou a menina, tentando aquecê-la com o calor do seu corpo. Pareceu funcionar, pois ela estremeceu.

Enquanto isso, o grupo fechava o cerco em torno do local onde Juliana estava, e onde aquela coisa estivera até então. Nada. Parecia ter desaparecido. Mas Felipe insistia.

– Não se iludam, ainda está aqui. Temos que estar preparados, ele está mais forte agora.

O delegado se dirigiu a Diogo.

– Tenho outra arma no meu coldre. Você sabe usar?

O rapaz assentiu com a cabeça e pegou o revólver.

Atrás desse cerco, Dinorá fechou os olhos e inalou o ar rarefeito. Abriu o embornal e retirou o artefato. Passou por Diogo e segredou algo em seu ouvido. Então se aproximou de Anderson, acariciou seu rosto e lhe entregou a arma.

– Sabe que eu trocaria de lugar com você, se pudesse.

Anderson empunhou a relíquia com segurança e reverência, quase ao mesmo tempo em que aquele ser abjeto ressurgiu. Veio do alto, ousado e fortalecido, decerto por seu mentor transcendental. A visão do punhal o transtornou, desencadeando uma fúria animalesca. Rápidas e incisivas, suas garras desceram sobre a mão de Anderson, decepando-a de imediato. Num desfecho medonho, ambos caíram por terra, mão e punhal; e com eles a chance de vitória do grupo.

Enquanto Heloísa e Felipe correram até o corpo convulsionado para tentar estancar a hemorragia, Dinorá e Diogo partiram para cima da monstruosidade, seguidos de perto pelos policiais e pelo padre. E o que se seguiu apavoraria o mais valente dos homens. Diogo atirou repetidas vezes. A velha governanta empunhou a faca primitiva e praguejou, gritando palavras em uma língua estranha que ninguém ousaria reproduzir, intercaladas por outras bastante conhecidas em português: pervertido, podre, demente. Ele escapou ileso das balas e encarou a mulher como se a reconhecesse, sua ira crescendo exponencialmente. Em uma velocidade surreal, estendeu na direção dela seus braços disformes e arrancou, quase ao mesmo tempo, a faca da mão e o coração do peito.

Estarrecido com a cena, o detetive começou a berrar uma infinidade de impropérios, enquanto o delegado o fitava apreensivo, porque aquela aberração se mostrava sensível a insultos.

– Seu desgraçado covarde! Desaprendeu a falar? Sempre foi estúpido! Não ia mudar agora!

A fera emitiu sons guturais e ininteligíveis, uma espécie de rosnado alternado com fonemas primitivos. Os tiros espocaram, mas ela avançou para os policiais. Com as mãos ainda sujas do sangue da mulher, agarrou a cabeça do detetive e a torceu. Ouviu-se um estalo seco e o barulho característico do corpo deslizando, lentamente, para o chão. O monstro flutuou sobre o corpo e seguiu em frente, como se nada mais pudesse deter sua sanha assassina. Diogo tentou barrá-lo e foi jogado contra a rocha, ferido gravemente na cabeça. E ele partiu, resoluto, na direção do delegado e do padre.

Mas, de repente, estacou. Uma movimentação estranha e inesperada desviou sua atenção.

Rápida e sorrateira, Clara havia se libertado dos braços da mãe. Ângela segurou o grito para não chamar a atenção sobre o gesto da filha, que atravessou incólume a lateral da área de confronto e se aproximou do leito de pedra.

Ela então abraçou Juliana e a cobriu com seu corpo.

Ao perceber o gesto, a criatura partiu na direção delas. Abandonou o combate para garantir seu butim, para preservar sua eleita.

E desta vez não viu a arma. O punhal que a garota retirou do membro mutilado. O punhal que depositou na mão direita de Juliana, enquanto servia de escudo contra o efeito hipnótico da serpente sobre a presa.

Subitamente arrancada do transe, Juliana empurrou Clara para o lado antes que fosse massacrada, porque a criatura partiu enlouquecida para ela.

E foi Juliana quem rechaçou a sobrenatural investida, estendendo o punhal e cravando no peito de seu pai, seu pesadelo, seu algoz.

O mesmo sangue, afinal.

E mais uma vez ele olhou, incrédulo, para a ferida aberta no próprio peito. Depois gritou e se contorceu pavorosamente, enquanto do seu corpo carcomido se esvaiu a derradeira névoa, escura e pútrida, que empesteou a atmosfera pesada da caverna. E sons horrendos, gritos insanos, urros dilacerantes se fizeram ouvir, vindos de todos os cantos daquele lugar amaldiçoado, habitado pelo que existia de mais arcaico e maléfico no Universo.

27

Recostado na confortável poltrona do gabinete, Márcio Fonseca admirava seu novo peso de papel: um bloco verde de pedra extraído do monólito sacrificial da caverna. Havia encaminhado para exame, extraoficialmente, fragmentos retirados da rocha. O resultado, dando conta de que se tratava de material ignorado, em nada o surpreendera. Matéria cósmica? Felizmente não precisou responder. Bastaram os malabarismos para explicar, à Corregedoria e à imprensa, os misteriosos fatos ocorridos na Fazenda Cardoso.

Desde que compreendera o caráter sobrenatural daquela história, lamentara-se diante da perspectiva de não ter seu mérito reconhecido a contento, ainda que bem-sucedida a missão. Afinal de contas, era um caso de grande repercussão na mídia e sua carreira demandava um impulso. E lá estava ele, atendo-se a frivolidades, depois de tudo o que havia assistido e enfrentado. Fazer o quê? Riu de si mesmo.

Até que, no frigir dos ovos, o relatório se mostrara satisfatório. Mas as brechas da narrativa intrigaram os analistas mais experientes que, no curso de longas e exaustivas semanas, fustigaram-no sem pudor. Como descobriram o esconderijo, uma caverna desconhecida de todos os guias da região? Como um único criminoso, enfrentando dois policiais experientes, pôde causar tanto estrago? Onde tinha ido parar o corpo do assassino abatido?

É, não foi nada fácil, pensou o delegado.

Imaginava-se respondendo às perguntas com absoluta sinceridade: "Ah, sim, a caverna. Encontramos através do feitiço de localização da bruxa e dos sonhos mágicos da jovem autista. O criminoso? Era um monstro com poderes sobrenaturais concebidos por uma entidade cósmica. O corpo? Desapareceu no ar, bem na nossa frente! Vocês sabiam que o que já está morto pode morrer?"

Francamente! O que poderia esperar, além de um exame de sanidade seguido de internação compulsória?

Para sua sorte, o grupo era grande, muita gente para confirmar a mirabolante explicação. Anderson já sabia da existência da caverna, mas pretendia explorá-la economicamente e, por isso, guardou sigilo. O assassino era um louco perigoso, não dava para prever suas atitudes e a escuridão o favoreceu. Ele foi atingido por cinco tiros e caiu no lago, que é ligado ao rio por uma passagem subterrânea, o corpo pode ter sido arrastado. Não, ninguém o conhecia, não era da região.

Uma história meio furada, mas foi o que deu para arranjar. E ficou por isso mesmo, o delegado relatou, o padre atestou, as testemunhas assinaram embaixo. O assassino estava morto e isso era o mais importante. As crianças já podiam brincar sem medo, o que era uma bênção para as famílias do distrito.

Pensou na conversa que teve com Eduardo sobre as vítimas, presas com aquela coisa abominável. Um sofrimento que se protraiu no tempo. Márcio as imaginava mantidas na caverna, numa espécie de coma consciente, conforme relatou Juliana. Por quanto tempo ele se alimentou delas? Por quanto tempo sobreviveram? Cinco anos? Daí o estado de conservação dos corpos? Um sofrimento infindável! Mas o padre acreditava que não era bem assim porque, naquele lugar sobrenatural, o tempo passava de forma diferente ou mesmo estacionava. Tomara. Não havia como ter certeza.

Enfim, tudo aparentava estar caminhando para a santa paz. Como nada é perfeito, restava um último mistério a desvendar, e o homem deixou escapar um suspiro. Porque era uma charada e tanto!

Tratava-se do exame de Juliana, que, cedendo aos insistentes apelos do padre e do próprio delegado, o irmão enfim autorizara. Pois é, quem faz perguntas ouve respostas, lamentou-se. E agora os dois não sabiam como lidar com aquilo. Eduardo não apreciava segredos, mas preferiu aguardar devido ao momento especial que a família atravessava. Se a paz perdurasse, talvez nem fosse necessário revelar o resultado atestando a presença de um gene extra e absolutamente desconhecido, a despeito daqueles herdados do pai e da mãe. Um delicado presente do cosmo? Uma dádiva alienígena capaz de estabelecer a paridade de forças? Ou só mais um enigma intangível do excêntrico Remanso?

Pensou no detetive Aldair. Teriam formado uma bela dupla nas futuras investigações. Mas não queria seguir remoendo tristezas. Consolava-o a ideia de que morrer enfrentando o Cardoso fora, para o colega, o desfecho perfeito diante da antipatia que nutria por aquele ser desde que era vivo.

Pegou o telefone. Já era tempo de convidar Ângela para jantar.

28

Juliana passeava com Gustavo, exibindo as novidades implementadas na fazenda desde que assumira, com surpreendente desenvoltura, parte da administração. Apesar da pouca idade, não era difícil constatar que nascera para aquilo, mais do que qualquer outro membro da família. Assim como o irmão, dispensava tratamento respeitoso aos empregados, mas era a sua forma de lidar com os animais e as plantas que despertava a admiração e também os rumores. Afinal, aquela era uma região propensa às lendas.

Foi então que se espalhou, à boca miúda, a notícia de que a menina exercia sobre os bichos e as árvores uma misteriosa forma de poder. Era como se o simples toque de suas mãos, ou uma conversa sussurrada, fosse capaz de acalmar, curar ou fazer desenvolver. Os mais crédulos asseguravam que ali "tinha coisa", e a alcunha de "Encantada" grudou, rápida e implacavelmente, numa estarrecida Juliana.

— Pobre Jujuba! — Brincava Gustavo. — Parece que nunca vai se livrar da fama, o povo precisa de assunto!

Gustavo havia retornado na véspera da capital. Impedido de frequentar as aulas por semanas, durante as quais permaneceu engessado e enfaixado, precisou se dedicar ao máximo para recuperar o conteúdo perdido. Ser reprovado não era uma opção, pois a faculdade era o único obstáculo que ainda o separava do seu grande amor, agora sua namorada oficial. Sob a condição de não falar em casamento. Cedo demais. Juliana estava iniciando o ensino médio.

Os dois correram para a casa quando viram, estacionado na entrada, o carro de Felipe e Diogo. Heloísa, agora Sra. Cardoso, dava os últimos retoques na mesa do almoço e pensava na falta que fazia a velha Dinorá. A bruxa implicante organizava uma recepção como ninguém!

Eduardo foi o último a chegar à fazenda, sempre ocupado com a obra da igreja que, inacreditavelmente, chegava ao fim.

— Nem mais uma torrezinha? — Brincou Helô.

— Não, já temos o suficiente. Agora vamos batalhar pelo mobiliário. Já comecei a programar a festa do Padroeiro.

— E lá vamos nós!

— Pois é, nada como uma boa dose de rotina religiosa depois de tudo o que passamos.

— E aí, maneta? — Foram interrompidos pela voz brincalhona de Diogo.

— Fala, caolho! — Revidou Anderson, que descia as escadas para se juntar aos demais.

Heloísa não gostava daquela brincadeira, mas teve que rir. Diogo por pouco não perdera a visão, mas adquirira uma feia cicatriz que atravessava a pálpebra e a sobrancelha esquerda, subindo para a testa. Depois de tantas demonstrações de coragem, tremia diante da possibilidade de intervenção cirúrgica, alegando que aquilo era o seu troféu de guerra. E agora os dois se tratavam assim. O lado bom era ver o companheiro mais alegre e descontraído.

Exatos seis meses haviam transcorrido e o grupo combinou se reunir naquela data. Não que tivessem deixado de se encontrar, mas evitavam transformar a experiência da caverna no tema exclusivo das conversas. Agora fariam uma espécie de balanço dos acontecimentos e de suas consequências.

À noite, os Quatro do Remanso e Diogo sentaram-se, mais uma vez, nas cadeiras da grande varanda que separava a casa do jardim. Eduardo puxou o discurso.

— Enfim estamos todos aqui, inteiros. Ou quase...

Todos se voltaram, em um impulso, para Anderson. E riram muito, ele inclusive. E se entreolharam e riram novamente até os olhos ficarem marejados. Foi Heloísa quem interrompeu a farra.

— Agora, falando sério. Chega de palhaçada.

— Minha querida irmãzinha, sempre a estraga prazeres!

— Tem notícia da menina? — Prosseguiu Helô, ignorando a provocação de Felipe e se dirigindo a Eduardo.

— Continua em coma. Dou uma passada lá quase toda semana. O pai só sai do lado dela para trabalhar, tem muita esperança de que ela acorde. Diz que percebe pequenos movimentos nas mãos e reações no rosto, mas os médicos acham que são apenas reflexos, sem maior significado. Chegaram a falar em desligar os aparelhos, mas acho que faltou coragem. No fundo, todos têm uma profunda admiração pela luta de Isabela.

– Não, não podem desligar! – Interrompeu Felipe com veemência.

– Por que você diz isso? – Indagou Heloísa.

– Não podem, é só isso. Diga a eles.

Ficaram em silêncio por alguns segundos. Felipe garantia que, depois do episódio da caverna, não tivera mais visões. Ninguém acreditava, é claro. Mas respeitavam seu desejo de se preservar e de manter distância desses assuntos, em sua batalha diária para levar uma vida normal.

– Está bem, vou dar seu recado – respondeu o padre, sem esticar a prosa. Sabia que, tendo em conta a reputação do amigo, sua recomendação seria seguida à risca, sem maiores indagações. Pensou, com alegria, no sorriso que veria brotar no rosto sofrido do pai.

– E quanto ao recado da Dinorá, o que ela cochichou no ouvido do Caolho? O que vocês descobriram? – Anderson perguntou.

– Pois é, a verdade é que, no meio do tumulto, Diogo não entendeu muito bem. Mas fomos jogando com as palavras e achamos que foi mais ou menos isto: "Você é a quinta ponta. O escudo está completo, já posso descansar".

– Uau! Bacana! Mas o que significa? – Helô quis saber.

– Acredito que ela se referiu ao pentagrama, o eterno símbolo pagão de proteção contra a maldade. Para Dinorá e seu povo, os protetores de Juliana e do Remanso formam uma estrela humana de cinco pontas, representando os quatro elementos da natureza coordenados pelo espírito. Então é isso, faltava uma ponta na nossa estrela. Já não falta mais.

Diogo não conseguiu esconder o sorriso de orgulho e Heloísa voltou a indagar:

— Gostei disso! E que elemento cada um de nós representa?

— Não posso dizer com certeza, mas aposto no fogo para você e na terra para o Anderson. São os mais óbvios! — Helô fez um muxoxo e Eduardo continuou: — Agora vamos ao que interessa, porque o principal motivo deste encontro é que temos uma revelação a fazer, eu e Felipe. Algumas semanas após o confronto, quando o trabalho da perícia já havia terminado e antes que o Anderson mandasse lacrar a entrada, nós retornamos à caverna. Eu, Felipe, o delegado e Suema.

— A amiga da Dinorá? — Perguntou Heloísa.

— Sim, a que costumava ajudá-la nas poções. Ela também é instruída nas artes da nossa velha companheira.

— E o que vocês foram fazer lá? — Anderson indagou.

— O delegado queria coletar algumas provas, pedaços de rocha e outros objetos para uma investigação paralela. Mas o nosso maior objetivo era sentir, perceber o lugar. Por isso fomos sozinhos. Sem falar que os outros estavam se recuperando das lesões e Helô já sabia da gravidez, não dava para arriscar. Andamos pelo labirinto, pelos corredores, seguimos o fluxo da água, chegamos ao grande salão rochoso do confronto, demos uma atenção especial ao lago subterrâneo. E nada.

— Como podemos ter certeza? — Perguntou Diogo.

— Certeza é um atributo que não nos pertence, porque não existe nesta seara! — Respondeu Heloísa.

— É verdade! — Reconheceu Eduardo. — Mas eu orei, e foram orações de desinfecção. A amiga de Dinorá expôs seus amuletos e entoou seus cânticos sem que houvesse qualquer reação, enquanto Felipe permaneceu ali por horas sem nada sentir, nem mesmo a atmosfera estranha que adulterava o tempo. Então é isso, temos que trabalhar com a hipótese de que eles se foram, mestre e discípulo, conforme profetizado. Realmente acreditamos que Naldo foi eliminado para sempre, e que o grande deus mentor cuja aparência desconhecemos não elegerá novos prepostos por aqui. Mas tem mais uma coisa. Quer contar, Felipe?

— Não quero, mas lá vai, na bucha! Numa pequena caverna adjacente, quase um mausoléu, encontramos o corpo do José Ronaldo.

Aquilo sim foi um choque! Heloísa e Anderson não acreditaram no que ouviram. Como assim?

— Sim, o corpo do Naldo, conservado e íntegro — Eduardo voltou a falar. — Ou quase. A única mácula era a ferida no peito, então concluímos que ele morreu naquela mesma noite há quinze anos, em decorrência do disparo. Não sabemos se chegou sozinho na caverna ou se foi levado para lá. Pela ausência de rastros, a segunda hipótese é a mais provável. Enfim, estava naquele lugar, ele próprio um prisioneiro do mal que atraiu.

De repente lhe veio à lembrança a citação de Hebreus: "Horrenda coisa é cair nas mãos do Deus vivo". Agora tudo se encaixava.

— E o que vocês fizeram com o corpo? — Anderson perguntou.

— Churrasco! — A resposta veio rápida de Felipe.

— O quê?

Eduardo intercedeu, tentando amenizar. Felipe nem era dado a essa espécie de ironia! *Devia ser o resultado da convivência com Diogo*, pensou.

— Veja bem, não poderíamos nos arriscar a expor o corpo. Como explicar mais esse enigma? Já foi difícil montar todo aquele circo para dar sentido ao que aconteceu na caverna.

— Além do mais, que utilidade teria? Ou vocês queriam velar o defunto? — Felipe falou de novo.

Rostos enojados foram a resposta à sua pergunta.

— Então é isso — Eduardo continuou. — Optamos por cremar o corpo ali mesmo. Mais limpo e mais seguro. É claro que proferi as orações de praxe para encaminhar a alma, não poderia me furtar a isso, embora sem a menor convicção. Sabemos bem para onde ele foi, por tudo o que representou em vida e na morte.

— Desde que não fique por aqui... — complementou Diogo.

— E os restos? — Quis saber Anderson.

— Pensamos em jogar na água — foi Felipe quem respondeu —, mas depois concluímos que não era uma boa ideia. Vai que acumula no remanso! Achamos melhor enterrar em solo sagrado. Padre Edu deu seu jeito.

— Melhor assim! — Falou Anderson. — Espero que esse último gesto tenha encerrado a nossa epopeia e a maldição deste lugar.

Foram interrompidos pela aproximação de Gustavo e Juliana, seguidos de perto pelo pinscher saltitante.

— Estão escutando? — Ela perguntou, esticando o dedo indicador do lado do ouvido, com o rosto muito sério. Seus interlocutores a olharam, apreensivos.

— O quê? — Indagou o irmão.

— Nada! O silêncio! Paz total! — Brincou a garota, e todos respiraram aliviados.

Tornara-se outra pessoa depois que os pesadelos tiveram fim, como uma borboleta liberta do casulo opressor.

— Pena que meu irmão e Helô parecem dispostos a agitar as coisas novamente — continuou falando, animada. — Se Dinorá estivesse viva, com aquele jeitão atrevido dela, diria que enlouqueceram ou que estão caçando confusão!

Heloísa passou a mão na imensa barriga, revirou os olhos e retrucou:

— Deixe de ser exagerada. Você sabe que é só uma homenagem e, afinal de contas, trata-se da história da família.

Os amigos olharam para Juliana sem entender.

— O quê? Esses dois ainda não contaram sobre os nomes que escolheram para os gêmeos?

Todos, até Felipe, balançaram a cabeça negativamente.
– Ora, Irene e Maximiliano! Não é fofo?
Talvez fosse apenas inquietação, mas Eduardo percebeu, na brisa suave da noite, um gélido sussurro.

grupo novo século

Compartilhando propósitos e conectando pessoas
Visite nosso site e fique por dentro dos nossos lançamentos:
www.gruponovoseculo.com.br

TALENTOS DA LITERATURA BRASILEIRA

Talentos da Literatura Brasileira
@talentoslitbr
@talentoslitbr

Edição: 1ª edição
Fonte: Bembo Std e Face Your Fears

gruponovoseculo.com.br